ANNA HEART

Magier von London

BUCH I

Mein gefährlicher Boss

Für Kristin,
ich wünsche dir viele
schöne Lesestunden mit
Lizzy und Eli
Alles Liebe,
Anna Heart

Von Morgen Verlag

© 2022 Von Morgen Verlag
Stettiner Straße 20 13357 Berlin
Cover: Coverup Design
ISBN 978-3-948684-76-1
Alle Rechte vorbehalten.

Kapitel 1

„Lizzy!"

Ich kuschelte mich tiefer in die Kissen und zog mir die Decke über den Kopf. Leider blendete es nicht das heftige Klopfen an meiner Zimmertür aus.

„Lizzy, steh auf, wir müssen in einer halben Stunde los!"

In einer halben Stunde?

Was im Halbschlaf nach einer Ewigkeit klang, drang plötzlich in mein Bewusstsein vor. Ich riss die Bettdecke von meinem Kopf und rief, während ich halb aus dem Bett stolperte: „Ich komme!"

Hastig sprang ich unter die Dusche in dem kleinen, kalten Bad, das ich mir mit meiner besten Freundin Jassy teilte. Wir waren zusammen nach London gezogen, sie für ein Semester an der London School of Economics, oder LSE, wie sie mit einem langgezogenen „iiii"-Laut am Ende gern betonte. Ich hatte ein Praktikum bei Jordans, Pfeiffer & Smith ergattert, einer der angesehensten Anwaltskanzleien Londons. Heute war mein erster Tag.

Vor Aufregung hatte ich die letzte Nacht kaum schlafen können. Normalerweise genoss ich meine morgendliche Dusche, doch der Wasserdruck in unserer kleinen Wohnung in Westminster brachte kaum mehr als einen Nieselregen zustande.

Noch unter der Dusche versuchte ich mich an meinen Traum zu erinnern. Es war wieder dieser Traum von dem Mann gewesen. Ich hatte ihn im echten Leben nie getroffen, dennoch kam er mir vertraut vor. Im Traum hob er mich hoch und trug mich, und seine Wärme gab mir das Gefühl, endlich in Sicherheit zu sein. Wovor? Ich wusste es nicht. Ich wusste nur, dass mich in seinen Armen nichts verletzen konnte. Um uns herum war es immer dunkel, wir waren ganz allein. Nie sah ich sein Gesicht, aber eines wusste ich bestimmt: Wenn ich ihn eines Tages treffen sollte, würde ich ihn erkennen.

„Du hast noch zehn Minuten", rief Jassy von der anderen Seite der Tür und riss mich aus meinen Erinnerungen. Sie war immer die Organisierte, die morgens noch vor einer Tasse Kaffee eine halbe Stunde Yoga absolvierte, während ich jeden in Erstaunen versetzte, wenn ich pünktlich zu einem Treffen kam.

„Ich bin gleich fertig!"

Im Bademantel huschte ich zurück in mein Zimmer und zog die schwarze Hose und die weiße Bluse an, die ich mir klugerweise am Abend zuvor zurechtgelegt hatte. Dann hopste ich durch unseren schmalen, fensterlosen Flur in dem Versuch, meine Pumps anzubekommen. Bestimmt würden mir am Abend die Füße wehtun, aber das, meinte zumindest Jassy, war ein guter erster Eindruck wert.

Sie lugte aus der Küche und musste lachen, als sie

mich mit meinen Schuhen kämpfen sah. „Hier", sagte sie und hielt mir eine Tasse Kaffee entgegen. Natürlich war sie schon perfekt zurecht gemacht. Ihr dunkles Haar hatte sie zu einem lockeren Knoten gebunden, der ausreichend Professionalität ausstrahlte, dabei aber nicht zu streng wirkte. Ihre haselnussbraunen Augen waren mit Mascara und Eyeliner betont.

„Danke", nuschelte ich, während ich den Kaffee hinunterkippte.

„Lass mich wissen, wie es läuft", meinte sie und gab mir einen Klaps auf die Schulter. „Und ob irgendwelche heißen Typen bei euch arbeiten."

Ich verdrehte die Augen. Seit ich mich vor einem halben Jahr von Vin getrennt hatte, war Jassys einziger Gedanke, dass ich wieder einen Typen brauchte. Dabei fühlte ich mich ohne Freund sehr wohl. Das war auch der Grund, warum ich ihr nie von dem Mann in meinen Träumen erzählt hatte – sie hätte es bloß als weiteres Zeichen dafür gedeutet, dass ich dringend ein romantisches Abenteuer brauchte. Dabei war Jassy in den zweieinhalb Jahren, die ich sie nun bereits kannte, stets Single gewesen, ohne auch nur ein einziges Mal ein Wort über jemanden zu verlieren.

„Ich warte eben auf den Richtigen", pflegte sie mit einem Schulterzucken zu sagen. Wenn ich darauf hinwies, dass das auch für mich gelten konnte, lachte sie bloß. „Du bist noch jung, du musst rausgehen und deinen Spaß haben." Das war stets ihre Antwort, obwohl sie mit ihren zweiundzwanzig nur ein Jahr älter war als ich. Darauf angesprochen lächelte sie nur geheimnisvoll.

„Mach's gut", verabschiedete sie mich. „Und halt mich auf dem Laufenden!"

Ich warf ihre eine Kusshand zu und rannte die dunkle, steile Treppe nach unten, wobei ich mit meinen Pumps um ein Haar über meine eigenen Füße gestolpert wäre.

Unter normalen Umständen wäre ich den Weg zur Kanzlei gelaufen, der an Big Ben und der Themse entlangführte, doch es war bereits halb neun und meine Pumps machten das Vorhaben unmöglich. Noch dazu wehte mir ein für London so typischer Nieselregen ins Gesicht, und ich musste die Augen zusammenkneifen, um durch das Grau etwas zu sehen.

Vier U-Bahnhaltestellen später stand ich vor dem riesigen Kasten aus Glas und Stahl. Ich war gestern schon einmal hier gewesen, mit Jassy, damit ich abschätzen konnte, wie lange ich zu meiner neuen Arbeitsstelle brauchte. Am Sonntag hatte der große Platz aus gelbem Sandstein noch einschüchternd leer und weit gewirkt. Jetzt liefen Männer in Anzügen und perfekt gestylte Frauen in schwarzen Kostümen zwischen den Gebäuden herum.

Ich blieb einen Augenblick länger als nötig stehen, um das Kribbeln in meinem Bauch zu unterdrücken. Meine bisherige Berufserfahrung beschränkte sich darauf, in einer Eisdiele hinter der Theke zu stehen. Schließlich holte ich tief Luft und trat durch die Drehtür in das helle Foyer.

Eine blonde Frau, die kaum viel älter sein konnte als

ich, lächelte mich hinter einem marmornen Tresen an. „Wie kann ich Ihnen helfen?", fragte sie mit einem osteuropäisch klingenden Akzent.

„Ich soll mich bei, äh, Patricia Denham melden", stammelte ich, während ich auf meinem Handy nach der E-Mail suchte, für den Fall, dass die Empfangsdame Patricia nicht kannte.

Doch sie nickte nur, wobei ihr blonder Pferdeschwanz auf und ab wippte. „Ich rufe sie an, bitte warten Sie hier."

Sie deutete auf eine Lounge aus schwarzen Ledersofas, die teurer aussahen als die gesamte Einrichtung im Haus meiner Mutter.

Mit klopfendem Herzen nahm ich Platz und versuchte, nicht den Kaffeetisch umzustoßen, auf dem Magazine auslagen. Ich erkannte „Lawyer Monthly" und „New Law Journal", doch bevor ich eines davon in die Hand nehmen konnte, hörte ich bereits die metallenen Türen des Aufzugs hinter mir aufgehen.

„Elisabeth, Willkommen!", sagte eine warme Stimme, der ich das Lächeln anhören konnte.

Ich fuhr herum und stieß dabei beinahe doch noch das Tischchen um. „Hallo", brachte ich hervor. Ich war mir nicht sicher, ob ich Patricia Denham, immerhin eine der Seniorpartnerinnen der Firma, auch beim Vornamen ansprechen sollte.

Patricia Denham wirkte deutlich jünger, als ich es von jemandem in ihrer Position erwartet hätte. Ihre dunkle Haut und ihre Locken glänzten im Licht der

Foyerlampen. Die rot geschminkten Lippen verzogen sich zu einem erstaunlich echt wirkenden Lächeln, und feine Grübchen erschienen in ihrem makellosen Gesicht.

Natürlich hatte ich ihr Foto bereits auf der Website gesehen, doch ihre Schönheit raubte mir für einen Augenblick den Atem. Ihr rotes zweiteiliges Kostüm traf genau die Mitte zwischen lässig und elegant und betonte ihre perfekte Figur an den richtigen Stellen, ohne aufdringlich zu wirken. Ein goldener Reif hing von ihrem schmalen Gelenk, als sie mir die Hand reichte.

Plötzlich kam ich mir in meiner H&M-Bluse billig angezogen vor.

„Willkommen", sagte sie noch einmal, und ich ergriff ihre Hand.

„Danke", hauchte ich, unsicher, was ich als nächstes sagen sollte.

Zu meinem Glück übernahm sie das Gespräch mit der Routine einer Frau, die schon lange – und sehr erfolgreich – von Worten lebte.

„Ich hoffe, du hast gut hergefunden? Wo bist du untergekommen?", fragte sie, während sie mich zum Fahrstuhl dirigierte und eine Chipkarte vor den Kartenleser hielt.

Ich stammelte Antworten, die mir banal und unaufregend vorkamen, doch sie nickte höflich und fragte nach, ob es mein erstes Mal in London wäre, ob ich allein gekommen wäre, und ob ich nicht mein Zuhause vermisste.

Auf die letzte Frage wusste ich keine Antwort. Auch in

Exeter wohnte ich mit anderen Leuten zusammen und schon seit Studienbeginn nicht mehr bei meiner Mutter. Aber trotzdem fühlte ich die Distanz stärker in der großen Stadt, die so anders war als das Dörfchen in Cornwall, in dem ich aufgewachsen war.

Inzwischen waren wir im elften Stock angekommen, und hinter zwei Glastüren sah ich das Logo der Firma prangen. Für einen Augenblick erlaubte ich mir davon zu träumen, auch eines Tages in ein Büro zu kommen, in dem mein Name an der Wand hing. Dann erinnerte ich mich schuldbewusst, dass es nicht der Name über der Tür sein sollte, der mich motivierte. Schließlich wollte ich Anwältin werden, um die Welt ein bisschen gerechter zu machen. Dafür war ich hier.

Patricia führte mich in eines der Büros, die rund um das Großraumbüro installiert worden waren. Auf dem penibel aufgeräumten Mahagonitisch befanden sich lediglich ein Laptop und ein Namensschild, auf dem „Patricia Denham" stand. Ich setzte mich in den gemütlichen Sessel vor dem Schreibtisch. Die vom Boden zur Decke gehenden Fenster zeigten die Londoner City.

Und da sah ich ihn.

Es war nur eine Reflexion in der Scheibe, aber mein Herz setzte einen Schlag aus. Ich fuhr herum. Jemand im Flur draußen verschwand um die Ecke. Ich hatte kaum mehr als einen Anzug gesehen, eine athletische Figur und schwarze Haare. Dennoch war ich mir sicher, dass es der Mann aus meinen Träumen gewesen war.

Es war mehr ein Gefühl als eine Gewissheit. Ich konnte mich nicht daran erinnern, im Traum jemals sein Gesicht gesehen zu haben, doch er war mir inzwischen so vertraut, dass ich ihn in einer Gruppe von hundert Leuten erkannt hätte.

Patricia räusperte sich, und ich drehte mich wieder zu ihr um. Jetzt war nicht die Zeit, um über irgendwelche Männer aus irgendwelchen Träumen nachzudenken.

„Du wirst eng mit mir zusammenarbeiten", sagte sie mit einem Lächeln, und dann, etwas ernster: „Wir haben dich aus über zweihundert Bewerberinnen ausgewählt. Ich erwarte viel von dir."

Ich wusste nicht, ob das ein Lob oder eine Drohung war.

„Danke", sagte ich, weil mir nichts Besseres einfiel. Am liebsten hätte ich ihr die Frage gestellt, die mich schon seit dem Tag umtrieb, als ich den Anruf aus London mit der Zusage erhalten hatte: Warum ich? Meine Noten waren gut, aber nicht herausragend. Und im Gegensatz zu vielen meiner Kommilitonen hatte ich keine Eltern in den angesehensten Anwaltskanzleien Großbritanniens vorzuweisen. Wenn Jassy mich nicht dazu gezwungen hätte, hätte ich mich nicht einmal beworben.

Aber anstatt die Frage zu stellen, hielt ich den Mund und hörte zu, wie Patricia mir meine Aufgaben erklärte, mich durch den Onboarding-Prozess führte und mich dann in die Hände eines kompetent aussehenden IT-lers übergab. Der Mann setzte geduldig mit mir meinen

Computer auf. Dann wartete er, bis ich alle meine Passwörter kreiert hatte, und übergab mir am Ende feierlich meine Karte für den Eingang. Das Logo der Firma prangte darauf, und darunter stand mein Name: Elisabeth Davis. Ich konnte mir ein stolzes Lächeln nicht verkneifen – mein Name auf einer Zugangskarte zu Jordans, Pfeiffer & Smith!

Ich saß einige Minuten auf meinem Platz im Großraumbüro und starrte diese Karte an, bis mich eine sanfte Stimme unterbrach: „Als ich angefangen habe, saß ich genauso da."

Ich drehte mich um und sah eine junge Frau auf dem Platz neben mir. Sie lächelte, ihr rundes, braunes Gesicht erhellt von der Freude, dass es jemandem genauso ging wie ihr. Im Gegensatz zu den meisten Frauen hier trug sie keinen Rock, sondern einen Hosenanzug, der ihr auf den Leib geschneidert schien.

Sie streckte die Hand aus. „Mary", stellte sie sich vor. „Ich bin eine der Anwaltsgehilfinnen hier."

„Elisabeth. Aber du kannst mich Lizzy nennen", beeilte ich mich zu sagen.

Ihre dunklen Augen blitzten freundlich auf. „Sehr gut, willkommen, Lizzy. Wie lange bleibst du?"

„Ein halbes Jahr. Ich mache ein Praktikum im Rahmen meines Studiums."

Überrascht zog sie die dichten Augenbrauen hoch. „Ich wusste gar nicht, dass wir Praktikanten für ein halbes Jahr nehmen."

Das mulmige Gefühl, dass ich bereits im Gespräch mit

Patricia gehabt hatte, kehrte zurück. War ich nur aufgrund einer Verwechslung an dieses Praktikum gekommen?

Mary schien meine Sorge zu erraten und klopfte mir freundlich auf die Schulter. „Wahrscheinlich eine Änderung in der Firmenrichtlinie, von der ich nichts wusste."

Den Rest des Tages verbrachte ich damit, eine Reihe Trainings zu machen, unter anderem über Belästigung am Arbeitsplatz, auch wenn ich mir in der konzentrierten Stille des Büros kaum vorstellen konnte, dass irgendjemand mich belästigen würde.

Auch Mary starrte auf ihren Bildschirm, tippte mit ihren rot lackierten Fingernägeln auf ihre Tastatur ein und schien komplett versunken in ihre Arbeit.

Patricia nahm mich mit zum Mittagessen und redete die gesamte Zeit über ihren neusten Fall, bei dem es um Wirtschaftsbetrug ging. Ich versuchte, kluge Kommentare einzuwerfen und quälte mir die besten Gedanken aus dem Gehirn.

Es fing schon an, dunkel zu werden, als Mary neben mir den Laptop zuklappte und sagte: „So. Jetzt auf ein Feierabendbier – bist du dabei?"

Ich war nur zu froh, das siebte Training darüber zu beenden, wie man seine Reisekostenabrechnungen korrekt einreichte, und nickte. „Sehr gern!"

Auf dem Weg nach draußen warf ich einen Blick in jedes Büro in der Hoffnung, noch einmal den Mann aus meinen Träumen zu sehen. Als ich ihn nicht entdeckte, schüttelte ich über mich selbst den Kopf.

Vielleicht hatte Jassy recht und ich brauchte wirklich ein romantisches Abenteuer.

Kapitel 2

Eine Gruppe von Angestellten sammelte sich im Foyer und brach zu einem Pub in der Nähe auf. Der Pub erwies sich als typische englische Kneipe mit niedrigen Decken, dunklen Holzmöbeln und einem grünen Teppichboden, der schon viele verschüttete Drinks aufgesogen haben musste. Laternen an der Wand tauchten alles in eine schummerige Atmosphäre. Wir setzten uns an einen der wackeligen Ecktische, während zwei Kollegen zur Bar gingen, um unsere Getränke zu besorgen.

Ich tippte noch eine Nachricht an Jassy, damit sie sich nicht wunderte, wo ich blieb.

Hi Darling, ich bin noch mit Kollegen was trinken. Komme so in ein, zwei Stunden.

Sie antwortete sofort, was etwas ungewöhnlich für sie war. Normalerweise sah ich die beiden blauen Haken hinter der Nachricht, aber hörte dann mehrere Stunden nichts von Jassy.

Das ist schön – in welcher Kneipe seid ihr?

Der Pub heißt „Great Expectations", glaube ich.

Ich wollte das Handy schon wieder in meine Handtasche stecken, weil auf die beiden blauen Haken wie üblich nichts folgte, doch dann vibrierte mein

Telefon.

Okay. Bleib, wo du bist, ich hole dich in einer Stunde ab. Bitte geh nicht allein nach Hause, es ist schon dunkel.

Ich lächelte amüsiert. Jassy führte sich manchmal wie meine Mutter auf – wenn meine Mutter überfürsorglich gewesen wäre.

Keine Sorge, ich nehme die U-Bahn, es wird schon nichts passieren.

Bitte warte auf mich. Ich hole dich ab. Bis später!

Auf meine beschwichtigende Nachricht und meine erneute Versicherung, dass ich auch allein nach Hause finden würde, kam keine Antwort mehr. Ich zuckte mit den Schultern und wandte mich wieder meinen Cider und meinen neuen Kollegen zu, die gerade vom größten Fall von Jordans, Pfeiffer & Smith erzählten. Natürlich kannte ich die Geschichte, aber ich hörte sie mir gern noch einmal an. Vor zwei Jahren hatte es einen Doppelmord gegeben, und Elias Jordans, einer der Mitbegründer der Firma, hatte den mutmaßlichen Mörder vertreten. In einer Beweisführung, die Sherlock Holmes alle Ehre gemacht hatte, hatte er nicht nur die Unschuld seines Klienten bewiesen, sondern auch den tatsächlichen Mörder überführt.

„Es war fast, als wäre er bei der ganzen Sache dabei gewesen", sagte einer meiner Kollegen, der sich als Martin vorgestellt hatte. In seinem maßgeschneiderten Anzug und mit seiner Hornbrille erinnerte er mich an das Klischeebild eines Anwalts. „Wie er Schritt für Schritt durch den Fall durchgegangen ist, das war der Wahnsinn."

Mein Bauch kribbelte bei dem Gedanken, dass ich den berühmten Elias Jordans eines Tages vielleicht auf dem Gang sehen würde. Ich stellte mir einen älteren Herrn vor, der ernst über die Gläser seiner Halbmondbrille in den Raum schaute, um zu überprüfen, dass jeder seiner Angestellten auch fleißig arbeitete. Im Gegensatz zu den anderen beiden Partnern war von ihm kein Foto auf der Website gewesen, und eine Google-Suche hatte mich auch nicht weitergebracht. Selbst von dem berühmten Fall gab es nur Zeichnungen vom Klienten, keine von seinem Anwalt, obwohl sein Name in jedem Zeitungsartikel auftauchte.

„Wie ist er so, dieser Mr. Jordans?", fragte ich Mary, die neben mir saß.

Sie zuckte nur mit den Schultern. „Man sieht ihn kaum, die meiste Zeit ist er entweder auf Reisen oder in seinem Büro. Scheint ganz nett zu sein, aber er meidet andere Menschen im Allgemeinen." Sie überlegte. „Aber das heißt nicht, dass er nicht gut mit Menschen klarkommt. Im Gerichtssaal schafft er es, jede Jury um den Finger zu wickeln."

Ich nickte und versuchte, meine Hoffnung zu unterdrücken, unseren berühmten Chef eines Tages zu treffen.

Gerade wollte ich etwas sagen, als Mary an mir vorbeischaute und die Stirn runzelte. Ich folgte ihrem Blick und sah einen Mann allein an einem der Tische in

17

der Ecke sitzen, ein unberührtes Bier vor sich. Der Mann wandte schnell den Kopf ab, aber ich hatte keine Zweifel, dass er uns beobachtet hatte.

Fragend sah ich zu Mary, die bloß mit den Schultern zuckte. „Irgendein Weirdo."

Aus den Augenwinkeln beobachtete ich den Mann weiter. Kaum hatte Mary ihren Blick abgewandt, starrte er wieder zu mir herüber. Als würde er versuchen, sich zu erinnern, woher er mich kannte.

Er schien nur wenig älter als ich zu sein und erweckte nicht den Eindruck, als wäre er ein heruntergekommener Spinner. Im Gegensatz zu den meisten Anzugträgern in der Kneipe hatte er ein Hemd und eine Jeans an, die jedoch sauber und gepflegt wirkten. Seine Armmuskeln spannten sich unter dem Shirt, als er sich nach vorne beugte und meinen Blick erwiderte.

Ich ignorierte ihn und wandte mich wieder der Unterhaltung zu.

Früher als erwartet begann die Runde, sich aufzulösen, mit der vielfach gemurmelten Entschuldigung, am nächsten Tag viel zu tun zu haben.

Ich verabschiedete mich von meinen neuen Kollegen. Draußen wehte mir der Wind ins Gesicht, eine willkommene Abwechslung nach der stickigen Luft in der Kneipe. Ich schaute auf mein Handy und sah, dass Jassy mir nicht geantwortet hatte.

Ich komme jetzt nach Hause, hat doch nicht so lange gedauert. Bis gleich!

Sofort vibrierte mein Telefon.

Nein, warte auf mich! Ich bin gleich da. Fünfzehn Minuten!

Unschlüssig stand ich vor der Eckkneipe und sah in beide Richtungen. Ein Taxi fuhr vorbei, aber ansonsten war die Straße menschenleer. Die Laternen malten Kreise aus Licht in die Dunkelheit. Es hatte wieder zu nieseln begonnen, und die Vorstellung, mit meinen von den Pumps schmerzenden Füßen eine Viertelstunde lang einfach nur herumzustehen, erschien mir nicht sonderlich verlockend.

Neben mir hörte ich das Klacken der Tür des Pubs. Mein Atem stockte. Es war der Mann, der mich beobachtet hatte.

Seine hellgrauen Augen fixierten mich. „Lizzy", sagte er leise, doch seine Stimme fuhr durch meinen Körper, als hätte er mich in ein Eisbad geworfen.

„Woher …", begann ich, doch er hatte schon die Hände gehoben. Irritiert starrte ich auf seine ausgestreckten Finger, die einen halben Meter von mir entfernt in der Luft schwebten, bevor er sie zu einer Faust schloss. Im selben Moment schnürte sich mir die Kehle zu.

Ich versuche verzweifelt einzuatmen, aber es war, als würde mir jemand den Hals zudrücken.

Meine Hände gingen zu meiner Kehle, versuchten vergeblich, ein Seil zu ertasten, aber da war nichts. Schwarze Punkte tanzten in meinem Sichtfeld. Ich starrte in die grauen Augen des Mannes und las meinen eigenen Tod darin. Verzweifelt schüttelte ich den Kopf, und Angst rauschte mir in den Ohren. Nein, nein, nein, dachte ich, aber kein Wort kam aus meiner zugeschnürten Kehle.

Ein Blitz erstrahlte. Der Mann flog rückwärts und krachte in die Steinwand.

Ich sank auf meine Knie und sog röchelnd die Luft ein. Noch immer spürte ich den Druck um meinen Hals, aber die Kraft, die mich gewürgt hatte, war verschwunden. Alles drehte sich um mich herum, und ich sah, wie der Mann auf die Füße sprang, die Hände zum Kampf erhoben. Ein weiterer Blitz sauste durch die Luft und traf ihn in die Brust.

Langsam drehte ich mich um, doch bevor ich sehen konnte, woher die Blitze stammten, wurde mir schwarz vor Augen. Ich spürte, wie ich zu Boden sackte.

Doch dann hob mich jemand auf. Ein fremder und doch vertrauter Geruch nach Meer und Holz stieg mir in die Nase, und er erfüllte mich mit einer wohligen Wärme.

Aus weiter Ferne glaubte ich Jassy zu hören, die aufgeregt fragte: „Was ist passiert? Geht es dir gut?"

Eine Antwort brachte ich nicht zustande. Alles versank im Dunkeln.

Kapitel 3

Der Mann aus meinen Träumen trug mich durch die Dunkelheit und ich wusste, dass mich nichts verletzten konnte. Ich spürte seine starken Arme um mich, spürte, wie sich die Muskeln in seiner Brust bei jedem Schritt bewegten. Ich versuchte die Augen zu öffnen, um sein Gesicht zu sehen, doch meine Lider waren zu schwer.

Erschrocken fuhr ich hoch und wusste für einen Augenblick nicht, wo ich war. Verwirrt sah ich mich um, entdeckte einen Schreibtisch und einen Stuhl, über dessen Lehne ein Pyjama hing, und erkannte schließlich mein Zimmer.

Ich versuchte aufzustehen, doch meine Kraft reichte nicht aus. Ich wollte nach Jassy rufen, aber brachte nur ein Krächzen zustande. Meine Kehle schmerzte noch immer. Also war der Angriff kein Traum gewesen ... Es war wirklich passiert.

„Lizzy?" Jassy öffnete die Tür und stürzte herein, als sie sah, dass ich wach war. „Wie geht es dir?"

Vorsichtig, als wäre ich ein zerbrechlicher Gegenstand, ließ sie sich neben mir auf dem Bett nieder und strich mir die Haare aus der Stirn. Besorgnis stand ihr ins Gesicht geschrieben.

„Was ... was ist passiert?", fragte ich schwach.

„Du bist von einem Mann angegriffen worden. Ich konnte ihn gerade noch vertreiben, bevor ..."

Verwirrt schüttelte ich den Kopf. „Er hat ... Er hat etwas mit seinen Händen gemacht, aber er hat mich nicht berührt, wie ... Und dann war da dieser andere Mann, der Mann aus meinen Träumen, und Lichtblitze ..."

Beruhigend strich mir Jassy über die Stirn. „Kein Wunder, dass du verwirrt bist, nach dem, was du hast durchmachen müssen. Dieser verrückte Typ hat versucht, dich zu erwürgen. Zum Glück ist er weggerannt, als ich kam."

Heftig schüttelte ich den Kopf. „Nein, da waren Lichtblitze, die ihn zurückgeworfen haben, und dann ..."

Sie lächelte gequält. „Das muss der Luftmangel gewesen sein, der dir das vorgegaukelt hat. Da waren keine Lichtblitze und auch kein anderer Mann, glaub mir."

Ich kniff die Augen zusammen und versuchte, mich an die Details zu erinnern. Was Jassy sagte, war nicht die ganze Wahrheit. Der Mann aus der Bar hatte meinen Namen gesagt, und dann die Hände gehoben, und dann...

Aber das konnte nicht sein.

Ich lächelte mit aller Kraft, die ich aufbringen konnte. „Na gut, es klingt auch ein bisschen verrückt, was ich da erzähle."

Jassy lachte, aber es klang nicht froh. „Du bist jetzt in Sicherheit, das ist das Wichtigste. Und", sie hob streng ihren Zeigefinger, „wenn ich dir das nächste Mal sage, dass du auf mich warten sollst, dann wartest du drinnen, okay?"

Ich nickte. Dann fiel mir etwas anderes ein. „Hat die Polizei den Typen geschnappt?"

Jassy sah erstaunt aus, dann schüttelte sie den Kopf. „Nein."

Ihre Antwort überraschte mich. „Hast du nicht … Hast du nicht die Polizei gerufen?"

Sie öffnete den Mund, dann schloss sie ihn wieder. „Ich habe nicht daran gedacht", gab sie schließlich zu.

„Aber wir müssen die Polizei informieren! Was, wenn dieser Verrückte noch mehr Leute angreift? Und er kannte meinen Namen, was …" Was, wenn ihn jemand auf mich angesetzt hatte, wollte ich sagen, aber es klang zu absurd, um es auszusprechen.

Jassy schüttelte heftig den Kopf. „Wahrscheinlich hat cr ihn einfach aufgeschnappt, als du dich mit deinen Kollegen unterhalten hast. Mach dir keine Gedanken, ruh dich jetzt am besten aus, und morgen informieren wir die Polizei."

Ich wollte noch etwas einwenden, aber sie stand auf, zog energisch die Decke über mich und schaltete dann das Licht aus. „Gute Nacht. Und ruf einfach nach mir, wenn du etwas brauchst."

Ich lag lange im Dunkeln und ging die Ereignisse des Abends immer wieder in meinem Kopf durch. Je länger ich darüber nachdachte, desto unwahrscheinlicher kam es mir vor, dass der Mann versucht hatte, mich mit magischen Kräften aus der Ferne zu erwürgen. Jassys

Version der Ereignisse klang plausibel, auch wenn es nicht weniger beruhigend war, dass ein komplett Fremder versucht hatte, mich umzubringen.

Nebenan hörte ich Jassy aufgeregt mit jemandem telefonieren, aber ich konnte kein Wort verstehen.

Langsam driftete ich in einen unruhigen Schlaf. Immer wieder träumte ich denselben Traum von dem Mann, der mich aufhob und in den Armen trug, und immer wieder erwachte ich beruhigt, bis mir der Angriff wieder in den Sinn kam. Schon früher hatte ich diesen Traum gehabt, doch seit wir nach London gezogen waren, träumte ich ihn fast jede Nacht. Unruhig wälzte ich mich hin und her. Jassy hatte mir versichert, dass da kein anderer Mann gewesen war, doch dieses Gefühl von Geborgenheit überkam mich immer wieder, sobald ich die Augen schloss.

Schließlich klingelte mein Wecker, und ich stellte fest, dass ich die ganze Nacht in meiner Arbeitskleidung im Bett gelegen hatte. Übermüdet ging ich duschen und versuchte, im warmen Wasser die Erinnerung an den Angriff loszuwerden.

Kapitel 4

Wie eine Schlafwandlerin ging ich zur Arbeit. Meine Vorfreude darauf, die Karte mit meinem Namen vor das Lesegerät zu halten und das Licht daneben grün aufleuchten zu lassen, war verflogen. Ich konnte mir kaum vorstellen, mich an diesem Tag auf die Arbeit zu konzentrieren. Als Mary mich fragte, ob ich gestern gut nach Hause gekommen war, nuschelte ich nur eine unverständliche Antwort.

Patricia grüßte mich mit dem offenen Lächeln, das ich inzwischen mit ihrem Gesicht verband.

„Guten Morgen", sagtc sic, nachdem sie mich in ihr Büro gerufen hatte. „Diesen Freitag wird der neue Fall vor Gericht verhandelt, und ich möchte, dass du ein bisschen Recherche zu ähnlichen Fällen machst. Ich brauche eine Übersicht über die Verteidigung, die in solchen Fällen üblicher Weise vorgebracht wird. Kannst du das bis heute Nachmittag erledigen?"Enthusiastisch nickte ich – mein erster Fall! Auch wenn es nicht wirklich mein eigener war, so war es doch aufregend, endlich in die Welt der Anwälte einzutauchen.

Den Tag verbrachte ich mit der Recherche in allen Zeitungen und Fachzeitschriften, die mir zur Verfügung standen. Dann fasste ich die Fälle zusammen und schickte sie mit klopfendem Herzen in einer E-Mail an Patricia. Keine zwei Minuten später kam eine Mail zurück: *Vielen Dank.*

Mehr nicht. Was hatte ich erwartet? Überschwängliches Lob? Die Aussage, dass noch nie eine Praktikantin derart Großartiges an ihrem zweiten Tag vollbracht hatte?

Ich erinnerte mich an Marys Bemerkung, dass die Firma normalerweise keine Studenten für Praktika aufnahm, und fürchtete wieder, dass ich aufgrund eines Missverständnisses hier war. Dann beschloss ich, dass es keinen Sinn hatte, mir darüber den Kopf zu zerbrechen. Ich war hier, und nur das zählte.

Am Ende des Tages lud mich Mary wieder in den Pub ein, doch ich schüttelte den Kopf.

„Ich habe noch Pläne für heute Abend", log ich.

Sie zwinkerte mir zu. „Oh, ein Mann? Dann will ich dich natürlich nicht aufhalten!"

„Nein, nein", wehrte ich ab. „Ich bin mit einer Freundin verabredet." Gewissermaßen stimmte das sogar, schließlich erwartete Jassy mich zu Hause und wir könnten uns einen gemütlichen Abend mit Filmen und Mikrowellenpopcorn machen.

Auf dem Weg zur U-Bahn und während der Fahrt sah ich mich immer wieder um, doch alle starrten bloß auf ihre Smartphones. Niemand beobachtete mich oder sah so aus, als würde er mich im nächsten Moment angreifen.

Zu Hause wartete Jassy bereits auf mich.

„Wie geht es dir?", fragte sie und schloss mich besorgt in ihre Arme.

Es fiel mir schwer, auf diese Frage zu antworten. „Gut", log ich, auch wenn das angespannte Gefühl in meinem Bauch, das sich auf dem Rückweg eingestellt hatte, noch immer da war.

Wir kuschelten uns in Pyjamas auf die Couch im überfüllten Wohnzimmer. Jeder vorherige Bewohner hatte etwas zurückgelassen, und so stapelten sich Bücher in allen möglichen Sprachen, hässliche Figürchen aus Andenkenläden und längst verstorbene Zimmerpflanzen auf den zwei Regalen, die den Fernseher umrahmten.

„Was wollen wir schauen?", fragte Jassy, aber sah dann den Ausdruck auf meinem Gesicht und legte die Fernbedienung auf den Couchtisch zurück. „Sicher, dass alles in Ordnung ist?"

Ich zuckte mit den Schultern. „Ich muss immer noch an das denken, was gestern Nacht passiert ist", gestand ich schließlich. Mir fiel wieder ein, dass wir die Polizei informieren sollten, aber es nicht getan hatten. Nun kam es mir dafür zu spät vor.

Jassy legte einen Arm um mich. „Es tut mir so leid, dass dir das passiert ist", sagte sie und strich mir über den Kopf. „Was für ein schreckliches Erlebnis. Aber ich hoffe, du wirst bald einfach nicht mehr daran denken."

„Das ist es nicht", meinte ich, aber wollte auch nicht wieder die Geschichte der magischen Kräfte meines Angreifers aufbringen. In meiner Erinnerung verschwamm bereits alles, die kräftigen Arme des

Mannes, der mich aufhob und trug, wurden zu Jassys schlanken Armen, auch wenn ich mir nicht vorstellen konnte, wie sie mich hätte halten sollen. Besonders stark wirkte sie auf mich nicht, auch wenn sie beim Bouldern jeden Fitnessstudiopumper in die Tasche steckte.

„Wie hast du mich überhaupt nach Hause bekommen?", fragte ich neugierig.

„Ich habe ein Taxi gerufen", sagte sie sofort und für meinen Geschmack etwas zu schnell. „Das hat uns nach Hause gefahren."

„Ah", machte ich und verkniff mir die Frage, ob der Taxifahrer sich nicht Sorgen gemacht hatte, einen bewusstlosen Körper auf dem Rücksitz zu transportieren. Dann wiederum war es London, nicht Exeter, und keiner interessierte sich hier für die Belange anderer Menschen, dafür liefen zu viele Verrückte auf den Straßen herum.

Verrückte wie der Mann, der versucht hatte, mich umzubringen.

Ein Frösteln stieg in mir auf und ich zog die Knie näher an meinen Körper.

„Mach dir keine Sorgen, du wirst ihn nicht wiedertreffen", meinte Jassy, und die Bestimmtheit in ihrer Stimme klang tatsächlich beruhigend. „Dafür ist die Stadt zu groß", fügte sie schnell noch hinzu.

„Du hast recht", sagte ich und lehnt den Kopf an ihre Schulter. „Lass uns irgendeinen dummen Film schauen, damit ich es vergesse."

In der Nacht träumte ich wieder von dem Mann. Wir

schwebten erst über dem Boden, dann über der Stadt. Deutlich leuchtete London unter uns in der Finsternis. Der Turm von Big Ben zeichnete sich gegen den Himmel ab, und das Riesenrad an der Themse war eine feine weiße Struktur vor dem Schwarz des Flusses.

In jeder anderen Situation hätte ich Angst gehabt zu fallen, aber die Hände, die mich hielten, flößten mir Ruhe und Geborgenheit ein.

„Lizzy", hörte ich ihn sagen, und seine tiefe Stimme klang warm und liebevoll. „Du kannst mir vertrauen."

Ich wollte seinen Namen aussprechen und mir wurde bewusst, dass ich ihn nicht kannte. Gleichzeitig hatte ich das Gefühl, dass er mir auf der Zunge lag, als könnte ich mich daran erinnern, wenn ich mich nur genug anstrengte.

„Lizzy!", schreckte mich eine andere, strengere Stimme aus dem Schlaf. Jassy stand an meinem Bett und zog mir die Decke weg. „Du musst aufstehen, es ist schon viertel nach acht!"

Seufzend kletterte ich aus dem Bett, obwohl ich mich lieber zurück in die Wärme des Bettes und die Arme meines Retters begeben hätte.

Der Traum ließ mich nicht los, auch als ich wieder an meinem Arbeitsplatz saß.

„Was ist denn los mit dir? Du wirkst so … abwesend", stellte Mary fest, und ich nickte erst und schüttelte dann den Kopf. „Ich brauche nur einen Kaffee."

„Hat Patricia dir noch nicht die Küche und die Kaffeemaschine gezeigt? Komm mit!"

Dankbar trottete ich hinter Mary her, die mich in eine große, einladende Küche führte. Neben dem Kaffeeautomaten gab es auch eine Box mit Snacks, und ich griff mir einen Müsliriegel.

„Hattest du einen schönen Abend mit deiner Freundin?", fragte Mary im Plauderton, und ich nickte. Gerade wollte ich dazu ansetzen, eine ausführliche Beschreibung der romantischen Komödie zu geben, die wir uns angeschaut hatten, als ich aus den Augenwinkeln eine Bewegung hinter den Glaswänden der Küche wahrnahm. Ein Mann in Anzug ging vorbei und bog um die Ecke. Er war es – der Mann aus meinem Traum. Dieses Mal war ich mir sicher.

„Ich muss mal auf die Toilette", stammelte ich, stellte meine Kaffeetasse ab und lief aus der Küche.

Auf dem Gang war niemand zu sehen, obwohl es kaum eine Sekunde her gewesen sein konnte, dass der Mann an der Küche vorbeigegangen war. Die nächste Tür war bestimmt zwanzig Meter weit entfernt.

Verwirrt lief ich den Gang entlang, doch in dem einzigen Büro, das hier lag, saß nur eine Frau mit blondem Dutt, die auf ihrem Computer tippte.

Verwirrt ging ich zurück zu Mary in die Küche.

„Ist da nicht eben ein Mann vorbeigegangen?", fragte ich, aber sie zuckte nur mit den Schultern und sah mich erstaunt an. „Nein, ich habe niemanden gesehen", sagte sie und runzelte die Stirn.

„Es ist nur, er sah ein bisschen aus wie ein alter Freund von mir", stammelte ich. „Jemand, den ich aus dem

Studium kenne."

„Ein alter Freund, den du aus dem Studium kennst? Ich dachte, du bist erst im fünften Semester?", fragte Mary, und ich biss mir auf die Zunge.

„Ja, es fühlt sich einfach so an, als würde ich ihn schon ewig kennen, weißt du?", meinte ich.

Auf keinen Fall durften meine Kollegen schon am dritten Tag an meinem Verstand zweifeln, auch wenn ich es so langsam selbst tat. Erst diese Träume, dann der Angriff, und jetzt diese … Erscheinung. Ich hoffte wirklich, dass ich nicht langsam verrückt wurde.

Am Abend hielt ich es nicht mehr aus und erzählte Jassy von meinen Träumen und dass ich glaubte, den Mann heute im Büro gesehen zu haben. Ich war davon ausgegangen, dass sie lachen und wieder davon anfangen würde, dass ich dringend eine Beziehung bräuchte, aber stattdessen runzelte sie die Stirn.

„Wie sieht er aus, dieser Mann?", fragte sie.

„Ich weiß es nicht genau", gestand ich. „Ich weiß nur, dass er schwarze Haare hat."

„Am besten, du vergisst die Träume einfach", sagte sie schließlich. „Es sind nur Träume, und du darfst dich jetzt nicht von deinem Praktikum ablenken lassen."

Da war sie wieder, die vernünftige, für ihr Alter viel zu reife Jassy. Deswegen hatte sie also die Stirn gerunzelt – weil ich mich für ihren Geschmack zu sehr in meinen Traumwelten verlor.

Trotzdem träumte ich wieder von dem Mann, auch wenn mein Traum dieses Mal anders war. Ich verfolgte ihn in einem langen Korridor, aber so schnell ich auch rannte, ich konnte ihn nicht einholen. Er bewegte sich mit übermenschlicher Geschwindigkeit. Als wäre es ein Spiel für ihn, blieb er immer wieder stehen, drehte sich halb zu mir um, sodass ich sein Gesicht in den Schatten erahnen konnte, und lief dann weiter. Seine Schritte waren elegant und gemessen, aber mit jedem einzelnen davon schien er die doppelte Strecke zurückzulegen, die ich rennend hinter mich brachte.

Wie eine Ertrinkende erwachte ich aus dem Meer meines Traumes und schnappte nach Luft. Ein Blick auf mein Handy verriet mir, dass es sieben Uhr vierunddreißig war, und ich sank zurück in die Kissen.

Diesen Traum, beschloss ich, würde ich für mich behalten.

Kapitel 5

Ich gab mir alle Mühe, den Tag über nicht ständig Ausschau nach dem Mann zu halten, doch es gelang mir nicht wirklich. Patricia ging mit mir den Fall für den nächsten Tag durch, und ich horchte auf, als sie mir mitteilte, dass Elias Jordans selbst mit im Gerichtssaal sein würde.

„Er will wohl sehen, wie ich mich mache", sagte Patricia mit einem Augenzwinkern, bevor sie wieder ernst wurde. „Auf jeden Fall ist es auch eine gute Gelegenheit für dich zu zeigen, was du kannst. Natürlich erwarte ich nicht von dir, dass du die Verteidigung führst, aber du musst Notizen zu allem machen und mir die relevanten Unterlagen zuschieben, wenn ich sie brauche. Ich möchte während meiner Verteidigung nicht ins Stocken kommen, hast du verstanden?"

Ihr Ton war ungewöhnlich streng, und ich befürchtete fast, dass sie von Mary von meinem merkwürdigen Verhalten gehört hatte.

„Ich werde mir alle Mühe geben", antwortete ich und setzte dann etwas selbstsicherer hinzu: „Du kannst dich voll auf mich verlassen."

Den Rest des Tages verbrachte ich damit, mich in die Unterlagen einzuarbeiten, bis mir der Kopf schwirrte.

Der Fall war unglaublich kompliziert. Der Gründer einer Firma hatte angeblich Geld veruntreut und für private Feiern ausgegeben, und unsere Strategie würde es sein zu beweisen, dass sich jemand für ihn ausgegeben hatte. Das wiederum warf Fragen auf, inwieweit der Gründer unverantwortlich mit wichtigen Dokumenten und Passwörtern umgegangen war, und natürlich erwartete er von einer Kanzlei wie Jordans, Pfeiffer & Smith, dass er ohne Strafe davonkam.

Am Abend erzählte ich Jassy aufgeregt davon, dass Elias Jordans am nächsten Tag im Gerichtssaal anwesend sein würde.

„Schreib mir, ob er gut aussieht!", meinte sie grinsend.

„Der ist bestimmt fünfundfünfzig Jahre alt, mach dir keine Hoffnungen."

„Auch ältere Männer können gut aussehen, denk nur mal an George Clooney!"

Dieses Mal stand ich pünktlich auf und hatte sogar Zeit für ein Frühstück. Allerdings bekam ich vor Nervosität kaum etwas herunter. Jassy wünschte mir viel Spaß, dann machte ich mich auf den Weg zum Gerichtssaal.

Voller Bewunderung kam ich vor der Old Bailey an. Es war ein Gebäude aus dem siebzehnten Jahrhundert, das sowohl als Gerichtssaal als auch als Touristenattraktion fungierte. Mit einer Kuppel und dem Türmchen erinnerte es mehr an eine Kapelle als an ein Gericht, wäre da nicht die Statue von Justitia auf der Spitze gewesen, in der einen Hand die Waage, in der anderen das Schwert.

Zu meiner Enttäuschung würde die Verhandlung nicht in dem pompösen Gebäude selbst, sondern in einem Nebenblock stattfinden, der zwar ebenfalls aus grauem Stein erbaut war, jedoch etwas mehr wie ein altes Bürogebäude wirkte.

Beinahe verlief ich mich in den scheinbar endlosen Gängen, die mich an meinen Traum erinnerten, bis ich schließlich das Zimmer fand, vor dem Patricia bereits auf mich wartete. Sie trug einen dunklen Hosenanzug, der ihre weibliche Figur betonte und trotzdem professionell wirkte. Der weiße Stoff ihrer Bluse hob sich gegen ihre dunkle Haut ab.

„Ah, Elisabeth", begrüßte sie mich. „Willkommen in der Old Bailey!"

„Guten Morgen!" Ich nickte ihr zu, meinen Laptop und einen Stapel mit Unterlagen unter dem Arm.

Patricia zog die Tür auf und schob mich in den Gerichtssaal. Er wirkte enttäuschend klein, aber vom Aufbau ähnelte er den Sälen, die ich aus Filmen kannte. Auf der einen Seite stand die Bank der Anklage und auf der anderen Seite waren die wenig bequem aussehenden Bänke der Verteidigung. Auf einer Art Podest befanden sich die Sitze für die Richter und, fast wie eine Kanzlei, etwas tiefer die Nische für Zeugen und andere, die befragt wurden.

Wir nahmen auf der Seite der Verteidigung Platz und ich sah mich um. Außer uns beiden befand sich nur ein Polizist im Raum, der vor einer Tür posierte, durch die wohl der Angeklagte in den Raum gebracht wurde.

„Ich wollte mich etwas früher mit dir treffen, bevor die Verhandlung beginnt", erklärte Patricia, und ihre dunklen Augen fixierten mich.

Nervös wischte ich mir meine feuchten Hände an der Hose ab.

Gemeinsam gingen wir noch einmal alles durch, und es war wie ein mündliches Examen. Patricia stellte mir eine Frage nach der nächsten und nickte nur, wenn ich die richtige Antwort gab, bevor sie zu der nächsten sprang.

„Sehr gut", lobte sie mich am Ende, als ich bereits das Gefühl hatte, sämtliches Wissen aus meinem Gehirn gequetscht zu haben. „Du hast dich gut vorbereitet."

Hinter uns hörte ich die Tür und drehte mich nur kurz um, zu sehr war ich auf das konzentriert, was vor mir lag.

Dann drehte ich mich wieder um, und ein tiefer Schock durchfuhr mich. Dort stand er, eine Hand lässig in der Tasche seines maßgeschneiderten Anzugs, die dunklen Augen auf mich gerichtet mit einem Ausdruck von Überraschung und Belustigung – der Mann aus meinem Traum.

Ich starrte ihn an, und er starrte zurück. Er war groß, athletisch gebaut. Erst glaubte ich, einen Duft von Meer und Holz wahrzunehmen, obwohl er viel zu weit weg stand, als dass ich ihn hätte riechen können.

Patricia stand auf und nickte dem Mann zu, der zu uns herüberkam, ein leichtes Federn in den Schritten, die ihn wirken ließen wie ein Raubtier auf dem Sprung. „Hallo Elias, schön, dich zu sehen."

Mir stockte der Atem. Das war Elias Jordans? Elias Jordans war der Mann aus meinem Traum?

Ich konnte es nicht fassen. Mühsam erhob ich mich. Es konnte sich nur um Zufall handeln, eine andere Erklärung gab es nicht. Aber warum starrte er mich dann ebenfalls voller Überraschung an, als wüsste er, dass er mich durch meine Träume trug?

„Ich bin Elisabeth. Elisabeth Davis", stammelte ich und streckte die Hand aus.

Von seiner Überraschung war nun keine Spur mehr zu erkennen. Stattdessen lächelte er mich kühl an und ergriff meine Hand. Die Berührung seiner Haut, warm und fest, ließ meine Knie zittern.

„Elisabeth ist meine Praktikantin. Wie du vorgeschlagen hast, habe ich sie heute mit zu dem Termin gebracht", erklärte Patricia, und ich konnte nicht anders, als wieder zu starren.

Er, der berühmte Elias Jordans, hatte vorgeschlagen, dass ich als Praktikantin mit in den Gerichtssaal durfte? Es erklärte zumindest meine Anwesenheit hier, über die ich mich bereits gewundert hatte.

„Schön", sagte Elias, aber weder aus seiner Stimme noch aus seinem Ausdruck konnte ich erahnen, ob er es ernst meinte. Er schien in Gedanken woanders zu sein, wahrscheinlich bei dem bevorstehenden Fall, und auch ich sollte mich darauf konzentrieren. Aber es war beinahe unmöglich, während der Mann aus meinen Träumen vor mir stand.

Am liebsten hätte ich ihn gefragt, ob wir uns schon

einmal getroffen hatten, irgendetwas, um ihm ein Zeichen zu entlocken, ob er ebenfalls Träume über mich hatte.

Reiß dich zusammen, befahl ich mir, du kannst doch nicht einen Staranwalt einfach anquatschen, ob du ihm ebenfalls in Träumen erscheinst!

„Ich freue mich immer sehr, neue Talente bei Jordans, Pfeiffer & Smith zu begrüßen", sagte Elias etwas steif, und es kam mir so vor, als betone er „Jordans" besonders.

„Ich weiß nicht, ob ich wirklich ein neues Talent ...", begann ich, doch riss mich dann zusammen. Bescheidenheit war hier vollkommen fehl am Platz, also reckte ich das Kinn vor.

„Und ich freue mich sehr, für jemanden wie Sie arbeiten zu dürfen", sagte ich stattdessen.

Er lächelte mich an. Wie konnte dieser Staranwalt nicht nur gut in seinem Job sein, sondern auch noch so verboten gut aussehen?

„Oh, die Ehre ist ganz meinerseits", sagte er, und wieder glaubte ich, einen spöttischen Unterton in seiner Stimme zu erkennen. Das änderte allerdings nichts an ihrer Wirkung auf mich. Seine Stimme hatte etwas Samtenes, das mich einhüllte, und ich konnte nicht anders, als an meinen Traum zu denken. Ich stellte mir vor, wie mich Elias Jordans in seinen Armen durch die Stadt trug. Blut schoss mir in die Wangen. In seinen Augen lag eine Mischung aus Belustigung und Zufriedenheit, die mich weiter verwirrte. Fast schien es, als wollte er auf etwas anspielen, das ich nicht verstand.

Patricia setzte sich wieder und ich tat es ihr gleich, aber es kostete mich meine gesamte Willenskraft, mich nicht nach hinten umzudrehen, wo sich Elias mit verschränkten Armen auf einem der Zuschauerplätze niedergelassen hatte. Natürlich versagte ich. In dem Augenblick, als Patricia ihren Kopf zur Seite drehte, um jemand anderen zu begrüßen, zwinkerte er mir zu.

Ich hielt die Luft an und war mir im nächsten Moment nicht mehr sicher, ob es tatsächlich passiert war.

Ich drehte mich wieder nach vorne.

Und zuckte zusammen, als ich plötzlich seine Stimme hinter mir hörte: „Viel Glück."

Die Lippen aufeinandergepresst starrte ich auf das Blatt Papier vor mir, bis mir klar wurde, dass er nicht mich gemeint hatte, sondern Patricia.

Sie nickte nur und sagte dann: „Glück brauchen wir nicht, wir sind gut vorbereitet."

„Und du hast einen kleinen Glücksbringer an deiner Seite", flüsterte er, sodass nur ich es hören konnte. Wieder spürte ich, wie meine Wangen heiß wurden, aber ich wagte es nicht, mich noch einmal zu ihm umzudrehen.

In den nächsten Minuten beschäftigte Patricia sich ausgiebig mit den Unterlagen, die ich mitgebracht hatte, und blätterte immer wieder durch den Stapel. Heute war der erste Verhandlungstag, und sie hatte mich bereits gewarnt, nicht zu viel zu erwarten. Verhandlungen konnten sich über mehrere Monate hinziehen.

Die nächste Stunde verging wie im Flug. Nach und nach trudelten ein paar Journalisten und Schaulustige ein, die sich auf den Zuschauerplätzen niederließen, und auch die Sitze der Anklage füllten sich. Zuletzt kam die Jury in den Raum, aber ich konnte mich kaum darauf konzentrieren. Immer wieder hatte ich das Gefühl, dass Elias Jordans mich von hinten anstarrte. Ich versuchte vergeblich, mit einer kleinen Kopfbewegung aus den Augenwinkeln zu erkennen, ob er es tatsächlich tat.

„Alles in Ordnung?", riss mich Patricia aus meinen Gedanken. An ihrer gerunzelten Stirn konnte ich erkennen, dass sie von mir mehr Aufmerksamkeit erwartete.

„Entschuldige", sagte ich. „Ich bin nur nervös."

Sie lächelte mich an. „Das ist verständlich. Immerhin ist es dein erstes Mal in einem Gerichtssaal, und ich weiß nur zu gut, dass Elias' Anwesenheit einen zusätzlich nervös werden lässt."

Ich nickte stumm und überlegte, wie sie das meinte – war das etwa eine Anspielung auf sein gutes Aussehen oder eher auf seine Präsenz und seinen Ruf?

Wieder zwang ich mich dazu, mich zusammenzureißen. Ich durfte jetzt auf keinen Fall über diesen Mann nachdenken, während Patricia meine volle Aufmerksamkeit verlangte.

Endlich kamen der Anklagte und dann die Richter in den Saal, und wir wurden angewiesen, aufzustehen. Die Richter trugen lange schwarze Roben und weiße Perücken, und ich musste die Lippen aufeinander pressen, um nicht zu lachen.

Wir setzten uns wieder.

Hinter mir räusperte sich jemand. Ich drehte mich um, aber direkt hinter mir saß nun ein Journalist, der mich fragend ansah. Mit rotem Kopf wandte ich mich wieder meinem Schreibblock zu.

Der Anfang der Verhandlung verlief quälend langsam, bis endlich die Verteidigung aufgerufen wurde, ihre Stellungnahme abzugeben.

Patricia, sonst schon eine beeindruckende Erscheinung, trat vor und begann zu reden. Sofort war ich ihn ihren Bann gezogen, und den anderen im Saal erging es ähnlich. Wohin ich auch blickte, sah ich Gesichter, die ihr verzückt zuhörten, als sie eine Zusammenfassung ihrer Darstellung lieferte. Immer wieder blätterte ich durch die Unterlagen, in der Hoffnung, die richtigen Seiten zu finden, auf die sie sich gerade bezog, aber sie brauchte meine Unterstützung nicht.

Ihre feinen Hände beschrieben elegante Gesten. Ihr Ausdruck passte sich perfekt dem an, was sie sagte. Etwas Magisches schien in der Luft zu liegen, was es unmöglich machte, nicht bei jedem ihrer Worte zu nicken. Mal wandte sie sich an die Richter, dann an die Jury. Mir schwirrte der Kopf von ihren perfekt geformten Sätzen, und ein einziger Wunsch stieg in mir auf: ebenfalls so reden zu können.

Dann beendete sie ihre Stellungnahme, und ich blickte verwirrt auf das weiße Blatt vor mir, auf dem ich keine Notizen gemacht hatte. Schnell wollte ich eine

Zusammenfassung von dem aufschreiben, was sie gesagt hatte, aber so sehr ich auch überlegte, der Inhalt ihrer Rede kam mir nicht in den Sinn – nur, dass alles absolut schlüssig geklungen hatte.

Verwirrt runzelte ich die Stirn. Ich hatte ein paar Notizen zur Rede der Anklage gemacht und hätte deren Inhalt wiedergeben können, aber Patricias Darstellung war wie Wasser, das durch meine Gedanken rann und dann verschwand.

Sie setzte sich neben mich und sah mich erwartungsvoll an. Ich öffnete den Mund, um etwas zu sagen, wusste aber nicht, was.

Ihr strenger Blick fiel auf den leeren Zettel vor mir, aber sie sagte nichts, sondern wandte sich wieder dem Geschehen im Gerichtssaal zu.

Noch immer lag ein Zauber auf den Menschen im Saal, aus dem sie langsam zu erwachen schienen. Die Richter starrten Patricia an, und es dauerte, bis sich schließlich einer fing und sich räusperte.

„Vielen Dank, Frau Denham, das war wirklich … sehr aufschlussreich dargestellt." Er ging dazu über, die Beweise und Zeugen der Anklage aufzurufen, doch es schien, als wäre der Bann von Patricias Rede ungebrochen. Alles, was die Anklage vorzubringen hatte, wirkte wie ein verzweifelter Versuch, einen unschuldigen Mann ins Gefängnis zu bringen. Ich sah mehrere Leute in der Jury die Augen verdrehen oder gähnen, während die Anklage ihre Zeugen mit monotoner Stimme befragte, fast so, als glaubten sie selbst nicht an die Schuld des Angeklagten.

Schließlich gab es eine Pause, und Patricia wand sich mir zu. „Und?", fragte sie bloß.

Ich versuchte, meine Begeisterung in Worte zu fassen. „Das war beeindruckend! Wenn ich während meiner Zeit hier etwas unbedingt lernen will, dann, so zu reden. Es war einfach ... überzeugend!"

Sie lächelte leicht. „Keine Sorge, das kannst du bereits. Du musst es nur in dir finden."

Verwirrt sah ich sie an, aber sie machte keine Anstalten, sich weiter zu erklären.

Die Verhandlung ging weiter, doch zu meiner Überraschung erhoben sich die Richter und erklärten: „Die Anklage hat ihre Beschuldigungen zurückgezogen und anerkannt, dass der Anklagte unschuldig ist. Es handelt sich um den Fall einer Verwechselung. Damit ist die Verhandlung beendet."

Ein Raunen ging durch den Raum, die Leute nickten und murmelten ihre Zustimmung. Natürlich nutzte ich die Gelegenheit, um mich nach Elias Jordans umzudrehen, aber konnte ihn in der Menge nicht mehr entdecken.

Verwirrt sah ich zu Patricia, die zufrieden grinste und dann zu dem Angeklagten ging, um ihm die Hand zu schütteln.

Ich sollte mich freuen, dass wir den Fall gewonnen hatten, aber ... es ergab keinen Sinn. Verhandlungen dauerten normalerweise lang, Beweise wurden vorgebracht und Gegenbeweise ausgespielt, niemals wurde ein Fall so einfach abgeschlossen. Sicher, Patricias Rede war überzeugend gewesen. Aber so überzeugend konnte kein Mensch sein, dass die Anklage sich so leicht aus der Bahn werfen ließ.

Statt Freude stieg ein ungutes Gefühl in mir auf. Fast erschien es mir, als hätte ich ein Theaterstück beobachtet. Das alles ergab keinen Sinn, und ich nahm mir vor, Patricia darauf anzusprechen, was gerade passiert war.

Sie kam zu unserer Bank zurück und begann, die Unterlagen zu verstauen.

„Was … was ist passiert? Warum hat die Anklage so leicht aufgegeben? Ich meinte, deine Rede war toll und überzeugend, aber … hätten sie nicht Beweise sehen wollen?"

Patricia hob eine Augenbraue, als würde sie mit einem Mal etwas in mir erkennen.

„Sehr gut", sagte sie schließlich nur. „Du liegst ganz richtig. Denk gut darüber nach, was passiert ist."

Mit dieser rätselhaften Aussage ließ sie mich noch verwirrter zurück als zuvor.

Kapitel 6

Den Rest des Tages gab mir Patricia frei, um die Stadt zu erkunden, wie sie mir sagte. Ich verkniff mir den Hinweis, dass ich bereits zwei Wochen vor Beginn meines Praktikums nach London gekommen war, die Stadt bereits gut kannte und all die Sehenswürdigkeiten vom Tate Museum bis zum Camden Market zusammen mit Jassy abgeklappert hatte. Ich brauchte Zeit zum Nachdenken.

Vor allem wollte ich wissen, was die Journalisten über den Fall schrieben. Meine schnelle Internetrecherche ergab allerdings keine Artikel, dafür waren die Geschehnisse noch zu frisch.

Ziellos wanderte ich durch die riesige Stadt. Ich mochte London, mochte sogar die Mischung aus Abgasen und den Gerüchen tausender Restaurants und Imbissbuden, und den Wind, der meine Haare zerzauste.

Überall waren Leute, die zu irgendwelchen Zielen hasteten, und ich musste acht darauf geben, nicht in jemanden hineinzulaufen.

Mein Handy vibrierte. Es war eine Nachricht von Mary.

Herzlichen Glückwunsch zu deinem ersten Fall, ich habe schon gehört, dass es super gelaufen ist!

Ich schrieb zurück: *Ja, Patricia war einmalig. Ich habe eigentlich nicht so viel gemacht.*

Sie antwortete sofort. *Ach, sei nicht so bescheiden, ich bin mir sicher, dass du dein Bestes getan hast, um sie zu unterstützen.*

Eigentlich hatte ich gar nichts gemacht, nicht einmal Notizen, und ich schimpfte innerlich mit mir. Wenn ich nur etwas von dem aufgeschrieben hätte, was sie gesagt hatte, dann könnte ich den Ausgang des Gerichtstermins vielleicht besser nachvollziehen. So blieb nur eine verschwommene Erinnerung daran, dass ihre Argumentation stichhaltig und überzeugend gewesen war, aber nicht daran, was sie eigentlich gesagt hatte.

Noch immer grübelte ich darüber nach, als schon die nächste Nachricht von Mary eintraf. *Wir gehen mit ein paar Kollegen zum Mittagessen, kommst du mit?*

Ich schaute mich um und stellte fest, dass ich nicht weit vom Büro entfernt war. Etwas schien mich dorthin zu ziehen. Es war die Hoffnung, Elias Jordans dort noch einmal zu treffen.

Sicher, schrieb ich zurück. *Wo treffen wir uns?*

Sie nannte mir ein Restaurant ganz in der Nähe des Büros, und ich machte mich mit der Hilfe von Google Maps auf den Weg dorthin.

Mary und zwei Männer, die schon bei unserem Abend in der Bar dabei gewesen waren, warteten an einem der Tische auf mich. Das Restaurant wirkte schick, es gab Tischdecken und Servietten, die wie ein Fächer gefaltet auf den Tellern lagen. Beim Blick auf die Speisekarte

46

und die Preise musste ich schwer schlucken. Zwar bekam ich ein Praktikantengehalt, aber es war immer noch London.

„Mach dir keine Sorgen, bestell einfach, was du willst. Elias hat uns die Kreditkarte der Firma gegeben, um den Sieg zu feiern", sagte Mary mit einer wegwerfenden Handbewegung.

Erstaunt zog ich die Augenbrauen hoch. Offenbar sprachen selbst die Angestellten über den Boss nur mit Vornamen, als kannten sie ihn persönlich. Dabei hatte mir Mary an meinem ersten Tag erzählt, dass er eigentlich selten im Büro auftauchte.

Nachdem wir unsere Bestellungen aufgegeben hatten, wandten sich alle Blicke mir zu.

„Und, wie war's?", fragte mich einer der Männer, der Peter hieß, wie ich mich vage erinnerte. Er konnte nur wenige Jahre älter sein als ich, aber hatte es bereits zum Juniorpartner gebracht.

„Es war … merkwürdig", brachte ich heraus. „Ich habe noch nie von einem Fall gehört, bei dem die Anklage einfach fallen gelassen wurde, weil das Statement der Verteidigung so überzeugend war."

Martin, mein anderer Kollege, lachte und meinte: „Willkommen bei Jordans, Pfeiffer & Smith!"

„Passiert so etwas öfter?", wollte ich wissen.

Mary nickte, und die anderen beiden stimmten ein. „Ja, ich war selbst schon bei Verhandlungen dabei, wo Patricia oder Elias die Verteidigung geführt hat. Ich kann es nicht anders sagen, die beiden sind einfach großartig in dem, was sie tun. Man muss ihnen einfach folgen und alles unterschreiben, was sie sagen."

Genau das hatte ich an diesem Morgen auch erlebt, aber es machte mich noch immer nervös, dass ich über den Inhalt der Rede nichts sagen konnte. Für die anderen schien es allerdings eine Selbstverständlichkeit zu sein, also ging ich nicht weiter darauf ein.

Eine Weile redeten vor allem die drei über irgendwelche Gerüchte im Büro, wer angeblich mit wem etwas hatte und ob das Pärchen von der anderen Seite des Großraumbüros sich getrennt hatte oder doch nächstes Jahr heiraten wollte.

Ich ließ meinen Blick durch den Raum schweifen. Außer uns waren kaum andere Gäste da, nur hier und dort saßen Anzugträger, Angestellte wie wir, und unterhielten sich über Büropolitik oder was für Fehler der Boss nun wieder gemacht hatte.

Ich spürte den Wunsch in mir aufsteigen, Patricia noch einmal im Gerichtssaal zu sehen, und fragte mich, ob ich die Möglichkeit dazu bekommen würde.

Noch lieber würde ich natürlich Elias Jordan sehen. Ich war neugierig, ob er ebenso gut war wie Patricia, oder, ich konnte es mir kaum vorstellen, sogar noch besser.

Aus den Augenwinkeln merkte ich, wie sich ein Mann uns näherte. Er trug einen billigen Anzug, der schlecht saß, und seine Haare waren zurückgegelt. Etwas an ihm ließ mich die Stirn runzeln. Er hatte den Blick fest auf uns gerichtet wie ein Stier auf ein rotes Tuch und zwängte sich durch die Tische, ohne auch nur im

Geringsten darauf zu achten, wer oder was im Weg war.

Auch Mary und die anderen beiden sahen ihn, und die Farbe wich aus ihrem Gesicht. „Verdammt", flüsterte Mary. „Das ist doch …"

Bevor sie zu Ende sprechen konnte, stand der Mann vor uns und packte Peter am Kragen.

Ein Aufschrei ging durch das Restaurant, aber niemand schien einschreiten zu wollen.

„Du dreckiges Schwein!", brüllte der Mann Peter an, der abwehrend die Hände hob. „Du hast mich in den Knast gebracht mit deiner miesen Verteidigung!"

Geschockt wich ich zurück, so gut ich es auf meinem Stuhl konnte.

„Das lag nicht an meiner Verteidigung, du hast den Laden überfallen. Daran gab es keine Zweifel", versuchte Peter ihn zu beschwichtigen. Natürlich erreichte er damit genau das Gegenteil.

„Ich habe alles verloren!", brüllte der Mann weiter. „Meine Familie, mein Geschäft, meinen Ruf! Nur, weil du deinen Job nicht machen konntest!"

„Ganz ruhig", versuchte sich nun Martin einzumischen. Wie auch Peter war er keine imposante Gestalt, aber richtete sich trotzdem zu seiner ganzen Größe auf.

„Halt dich da raus, ich habe eine Rechnung mit dem hier offen!", schrie der Mann ihn an und schubste ihn mit seiner freien Hand weg. Martin stolperte rückwärts, und ich zuckte zusammen, als sein Stuhl krachend zu Boden fiel.

Ich musste etwas tun, aber was?

Patricias Worte kamen mir wieder in den Sinn. Ich atmete durch und konzentrierte mich darauf, meine Stimme wirken zu lassen.

„Lass ihn los", sagte ich so bestimmt wie möglich.

Der Mann starrte mich an, und ich konnte sehen, dass meine Worte keine Wirkung hatten. Also versuchte ich es noch einmal.

„Lass ihn los, dreh dich um und geh nach Hause. Du kannst hier nichts erreichen."

Eine merkwürdige Ruhe stieg in mir auf, während ich sprach. Ausgehend von meiner Brust durchströmte mich Wärme, und ich sah dem Mann tief in die Augen. Er schien zu zögern.

„Geh weg und lass uns in Frieden", sagte ich noch einmal, und meine Stimme schien zu vibrieren.

Der Mann senkte die Hand, mit der er eben noch Peter bedroht hatte, und ließ auch seinen Kragen los. Dann nickte er und drehte sich auf dem Absatz um.

Mit einem zurückgehaltenen Seufzen sah ich zu, wie das Lokal verließ.

Erschöpfung durchströmte mich.

Langsam ließ ich mich wieder auf meinen Stuhl sinken.

Mary, Peter und Martin starrten mich an. „Das war … beeindruckend", sagte Mary schließlich. „Einfach nur … beeindruckend."

Ich grinste müde, als wäre es eine Selbstverständlichkeit, was ich getan hatte. Dabei war ich selbst verblüfft über den Effekt, den ich auf den Mann gehabt hatte. Patricia hatte recht, ich hatte es bereits in mir, ich musste nur herausfinden, wie ich es aktivierte. Für einen Moment fühlte ich mich unbesiegbar, dann kam die Erschöpfung zurück.

„Lasst uns unser Essen genießen und nicht mehr an den Dummkopf denken", sagte ich, um die Aufmerksamkeit von mir wegzulenken. Einen Moment später entschuldigte ich mich, um auf die Toilette zu gehen. Dort spritzte ich mir kaltes Wasser ins Gesicht, um wieder wach zu werden. Mit den Gedanken war ich bereits zu Hause in meinem Bett, aber ich konnte es auch kaum erwarten, Jassy von den Geschehnissen des Tages zu berichten. Also zückte ich mein Handy und tippte: Du kannst nicht glauben, was gerade passiert ist! Erst hat Patricia mit einem Mal eine Gerichtsverhandlung gewonnen, dann hat uns ein Typ im Restaurant dumm angemacht und ist abgehauen, weil ich es ihm befohlen habe!

Wieder antwortete sie sofort: Wahnsinn, du musst mir alles erzählen, wenn du wieder zu Hause bist!

Ich habe den Rest des Tages frei bekommen, ich werde also schon früher da sein. Bis nachher!

Am Tisch kehrte das Gespräch immer wieder auf den merkwürdigen Mann zurück, der uns angegriffen hatte, und Peter bedankte sich überschwänglich bei mir für mein Eingreifen. Natürlich winkte ich ab und meinte, dass es doch selbstverständlich gewesen war. Aber ich konnte auch den Stolz nicht unterdrücken, weil meine

Worte jemanden überzeugt hatten, das Richtige zu tun.

Peter erzählte die Geschichte des Mannes, die ich mir bereits aus den wenigen Worten, die er mit uns gewechselt hatte, zusammengereimt hatte: Er hatte einen Laden überfallen und wohl erwartet, dass die Topanwälte von Jordans, Pfeiffer & Smith ihn vor dem Gefängnis bewahren konnten. Peter hatte sich alle Mühe gegeben und es geschafft, eine kurze Gefängnisstrafe für den Mann herauszuschlagen, viel kürzer, als von der Staatsanwaltschaft vorgeschlagen. Trotzdem hatte der Mann getobt, als das Urteil verkündet wurde, und geschworen, sich an Peter zu rächen.

„Ich habe ihn nicht ernst genommen, bei den meisten verfliegt der Ärger in ein paar Monaten, und nach einem Jahr Gefängnis bin ich davon ausgegangen, dass er sich nicht mal mehr an mein Gesicht erinnert. Offenbar lag ich falsch", erklärte Peter mit einem Schulterzucken.

So langsam stellte sich bei mir die Erkenntnis ein, dass ich den Ernst der Lage unterschätzt hatte. Was, wenn der Mann bewaffnet gewesen wäre?

Nach dem Dessert verabschiedete ich mich mit dem Hinweis, dass Patricia mir den Rest des Tages frei gegeben hatte, und fuhr nach Hause. Zum ersten Mal seit Montag blickte ich mich nicht ständig um, in dem neu gewonnenen Wissen, dass ich mich auch aus schwierigen Situationen herausreden konnte. Beinahe hätte ich versucht, einen Verkäufer an einem der Kioske in der U-Bahnstation davon zu überzeugen, mir kostenlos einen Schokoriegel zu geben, doch so dreist war ich dann doch nicht.

Zu Hause wartete Jassy bereits auf mich. Sie hatte nur wenige Vorlesungen und Seminare und war die meiste Zeit damit beschäftigt, Hausarbeiten zu schreiben. Sie bestand darauf, dass sie es besser in unserer Wohnung als in der Bibliothek konnte, wo sie ständig angesprochen und abgelenkt wurde. Ich konnte mir nur zu gut vorstellen, dass sie auf die Studenten an der LSE wie ein Magnet wirkte, selbst mich überraschten ihre Schönheit und Eleganz immer wieder aufs Neue.

Ich erzählte ihr von den Ereignissen des Tages, zuerst von Patricias Sieg und dann von der Begegnung mit dem Mann im Restaurant. Sie nickte und hörte konzentriert zu, warf nur ein paar Mal Sachen ein wie „Unglaublich!", „Wahnsinn!", und nickte. Beinahe hätte ich über den Trubel am Mittag den wichtigsten Punkt vergessen.

„Und ich habe Elias Jordans getroffen, und weißt du was?"

Ihre dunklen Augen sahen mich an. „Was?"

„Er sieht aus wie der Mann, von dem ich geträumt habe."

Sie runzelte die Stirn. „Das kann nicht sein", sprach sie meine Gedanken aus. „Das muss Zufall sein."

Trotzdem klang sie selbst nicht überzeugt. „Du musst einmal ein Bild von ihm gesehen haben, irgendwo, und es in deinem Unterbewusstsein gespeichert haben", sagte sie. „Das ist die einzige Erklärung."

Das wäre tatsächlich eine Erklärung, aber ich kam

nicht darauf, wo ich ihn schon einmal gesehen haben sollte. Schließlich hatte ich ja sogar nach ihm gesucht, aber keine Bilder von ihm gefunden.

Jassy grinste mich an. „Sieht er denn gut aus?"

„Ja, wahnsinnig gut", antwortete ich und musste aufpassen, dass ich nicht ins Schwärmen geriet. „Ich kann es gar nicht beschreiben, aber alles an ihm, wie er aussieht, wie er sich bewegt, ist einfach … hinreißend."

Jassy lachte auf. „Pass auf, dass du dich nicht in deinen Boss verliebst!"

„Keine Sorge, dafür werde ich zu wenig mit ihm zu tun haben", antwortete ich. „Und selbst wenn er mir über den Weg laufen würde, wird er sich sicherlich nicht mehr daran erinnern, wer ich eigentlich bin."

Jassy sah mich schief an. „Sei dir da mal nicht so sicher. Unterschätz deine Wirkung auf andere nicht", ermahnte sie mich, das Kinn auf die gefalteten Hände gestützt.

Ich zuckte mit den Schultern. „Er ist immer noch mein Boss", sagte ich, allerdings hielt mich das nicht davon ab, mich zu fragen, was für einen Eindruck ich auf Elias Jordans gemacht hatte. Eine Weile saß ich einfach nur da, erinnerte mich daran, wie er mich angesehen hatte, und schwelgte in der Hoffnung, ihn wiederzusehen, bis irgendwann die Erschöpfung zurückkehrte.

„Du schläfst hier ja schon im Sitzen", meinte Jassy lachend.

Also verabschiedete ich mich ins Bett, mit einer stillen Vorfreude auf meine Träume.

Kapitel 7

Als ich am Montag wieder ins Büro kam, schien sich die Nachricht von meiner kleinen Heldentat vom Freitag bereits verbreitet zu haben. Leute, die ich vorher noch nie gesehen hatte, kamen zu mir und wollten mir die Hand schütteln. „Peter hat erzählt, wie du ihn gerettet hast!", hörte ich oft und fragte mich heimlich, was aus der Geschichte inzwischen geworden war – in den Nacherzählungen der anderen hatte ich mindestens ein Cape getragen und mit der Macht meiner Stimme den Mann in ein zitterndes Häufchen Elend verwandelt. Ich tat am Anfang mein Bestes, um die Geschichte ins rechte Licht zu rücken, aber kam nicht gegen die schillernden Erzählungen an, sodass ich schließlich aufgab. Wenn ich ehrlich war, tat es auch sehr gut, als Heldin gesehen zu werden, die sich mutig einem gewalttätigen Verbrecher in den Weg stellte.

Allerdings war ich nicht darauf vorbereitet, welche Kreise die Geschichte zog. Ich war gerade dabei, mit Mary über mein ansonsten unspektakuläres Wochenende zu reden – ich war mit Jassy in der Stadt gewesen, wo wir tolle, teure Dinge anprobierten, die ich mir niemals leisten könnte –, als sich eine schlanke, große Gestalt näherte. Ich sah auf – und erstarrte.

Elias Jordans stand direkt vor uns.

Mary drehte sich zu ihrem Computer um und begann, auf die Tastatur einzuhacken. Ich stand auf, unsicher, was ich tun sollte. Elias Jordans' braune Augen bohrten sich in meine, und ich spürte, wie meine Knie weich wurden.

„Guten Morgen, Elisabeth", sagte er.

„Guten Morgen."

Er schien mich zu mustern, und unter seinem intensiven Blick wurde mir nur noch mehr bewusst, wie wenig Geld ich in meine Garderobe investiert hatte. Sein weißes Hemd und die schwarze Anzughose schienen ihm auf den Leib geschneidert zu sein, und seine dunklen Haare saßen perfekt, sodass ich annahm, dass er mehr für den Frisör ausgegeben hatte als ich für meine monatliche Miete.

„Ich habe gehört, dass du einen unserer Kollegen am Freitag vor einem Wahnsinnigen beschützt hast", sagte er ernst, aber sein Mundwinkel zuckte, als könnte er nicht ganz glauben, dass ich es tatsächlich getan hatte. Dann kam er sofort zur Sache. „Du arbeitest ab jetzt für mich."

Ich riss die Augen auf. „Wie bitte?", brachte ich hervor. „Ich meine, ich freue mich sehr darüber, aber warum?"

„Vielleicht hast du Potential", sagte er gedehnt, als überlege er noch, ob das tatsächlich zutraf. „Unter der richtigen Führung."

Fassungslos sah ich in Richtung von Patricias Büro.

Hatte Elias Jordans sich gerade indirekt abfällig über sie geäußert?

„Das ist … das ist wundervoll", sagte ich vorsichtig. „Aber ich müsste das noch mit meiner Betreuerin absprechen."

Er runzelte die Stirn, dann sagte er freundlich, aber bestimmt: „Ich bin Patricias Boss. Wenn ich eine Anweisung gebe, dann wird sie damit auch einverstanden sein."

Ich scheiterte daran, das, was ich gerade hörte, mit dem Bild des liebevollen, zärtlichen Mannes zusammenzubringen, den ich aus meinen Träumen kannte. Natürlich, schalt ich mich selbst, es waren ja auch nur Träume. Bestimmt hatte Jassy recht und ich hatte irgendwo einmal ein Bild von ihm gesehen, das nun in meinem Unterbewusstsein herumgeisterte.

Ich kam nicht dazu, auf seine Worte zu antworten, denn er drehte sich bereits um und sagte über die Schulter: „Ich erwarte dich um zwölf in meinem Büro, um alles weitere zu besprechen."

Noch immer fassungslos konnte ich nur nicken und auf seine breiten Schultern starren, während er sich entfernte.

Mary drehte sich zu mir um, nachdem Elias Jordans verschwunden war. „Worüber habt ihr geredet?", fragte sie.

„Wie kann es eigentlich sein, dass jemand wie er schon Boss einer Anwaltskanzlei ist?", wollte ich wissen, während ich mich auf meinen Bürostuhl sacken ließ. Mir war schwindelig von allem, was ich gerade verarbeiten musste.

„Oh, Elias ist ein wahres Genie", antwortete Mary fröhlich. „Aber komm, sag schon, was wollte er von dir?"

„Er … er will, dass ich für ihn arbeite", sagte ich langsam, um mir selbst der Bedeutung dieser Worte klar zu werden.

„Was?" Marys Augen wurden groß. „Das ist … Wahnsinn, herzlichen Glückwunsch! Du wirst so viel von ihm lernen!"

Ich konnte mir kaum vorstellen, dass Elias Jordans mir wegen meiner heroischen Tat einen Job anbot. Aber wenn nicht darum, warum dann?

Ich musste dringend mit Patricia reden.

Zu meiner Erleichterung ließ sie mich nicht lange warten. Nur wenige Minuten später kam Patricia an meinen Schreibtisch und streckte mir die Hand hin.

„Ich habe gehört, was du am Freitag geleistet hast", sagte sie und lächelte. „Vielen Dank, dass du einen unserer Kollegen beschützt hast."

Ich schüttelte stumm ihre Hand, bevor ich mich vorbeugte und leise sagte: „Können wir in deinem Büro reden?" Ich wollte meine Bedenken wegen Elias Jordans nicht vor allen breittreten.

„Komm mit", sagte sie.

Wir gingen in ihr Büro. Ich konnte nicht anders, als meinen Blick über die Skyline von London hinter der Fensterfront schweifen zu lassen. Die Stadt. Wie viel passiert war, seit ich hier angekommen war.

Patricia deutete auf einen Stuhl vor ihrem Schreibtisch, der normalerweise Mandaten vorbehalten war, und setzte sich. „Was kann ich für dich tun?", fragte sie und verschränkte die Hände vor sich auf dem Tisch.

„Elias Jordans ist heute Morgen zu mir gekommen und hat mir gesagt, dass ich von nun an für ihn arbeiten soll. Ich wollte nur … nun, ich wollte wissen, ob das für dich … in Ordnung ist. Ich meine, ob er das mit dir abgesprochen hat. Ich meine …" Ich wusste selbst nicht, was ich eigentlich von ihr wollte.

Patricias Stirn runzelte sich und sie lehnte sich zurück. „Nein, er hat es nicht mit mir besprochen", sagte sie langsam. „Aber er ist der Boss. Wenn er es befiehlt …"

Sie schien über etwas nachzugrübeln, den Blick zur Seite, wohl in die Richtung des Büros von Elias Jordans.

Plötzlich fragte sie: „Hat er erfahren, was am Freitag passiert ist?"

Ich nickte. „Meinst du, das hat etwas damit zu tun?"

Sie verschränkte die Hände hinter dem Kopf, während sie angestrengt nachdachte.

„Das ist nicht gut", sagte sie schließlich wie zu sich selbst.

„Was meinst du?", fragte ich, aber sie schüttelte nur wieder den Kopf. „Es ist eine großartige Gelegenheit", sagte sie mit einem etwas gezwungenen Lächeln. „Du wirst sicherlich viel lernen."

Sie stand auf und gab mir einen freundschaftlichen Klaps auf die Schulter. „Mach dir keine Sorgen, es wird

59

bestimmt großartig."

Damit entließ sie mich aus ihrem Büro, und ich konnte die nächsten zwei Stunden damit verbringen, mir zu überlegen, wie ich Elias Jordans gegenübertreten sollte.

Ich hatte beschlossen, mich nicht von ihm einschüchtern zu lassen, trotzdem fühlten sich meine Hände schwitzig an, als ich um Punkt zwölf an die Tür seiner Büros klopfte.

„Herein, Elisabeth", sagte er, und damit erübrigte sich zumindest die Hoffnung, dass er mich inzwischen vergessen hatte.

Ich wies mich zurecht. Auf keinen Fall durfte Elias Jordans mich vergessen, im Gegenteil, er sollte nachhaltig von mir beeindruckt sein.

„Guten Tag", sagte ich, als ich die Tür aufschwang. Er saß hinter einem riesigen Schreibtisch, auf dem sich außer einem Laptop und einer altmodisch wirkenden Schreibstation nichts befand. Hinter ihm schien die Sonne durch das Fenster, und die Londoner Skyline rahmte ihn ein.

„Guten Tag", sagte er, ohne von seiner Arbeit aufzusehen.

Da er keine Anstalten machte, mich dazu aufzufordern, setzte ich mich einfach auf den Sessel, der vor seinem Schreibtisch stand. Dann erlaubte ich es mir, ihn in Ruhe noch einmal anzusehen. Sein konzentrierter Ausdruck war sexy, aber ich durfte mich davon nicht ablenken lassen. „Worüber wollten Sie mit mir sprechen, Mr. Jordans?", fragte ich höflich.

„Du kannst mich duzen", sagte er und schloss seinen Laptop. Ein Kribbeln lief mir die Wirbelsäule empor, als er mich direkt ansah. Dann blickte er zu meiner Überraschung zur Seite, als könnte er den Augenkontakt nicht mehr aushalten. Irgendwie niedlich, dachte ich und spürte, wie mir das Blut in die Wangen schoss. Ich konnte hier doch nicht meinen Chef anschmachten.

Was danach kam, war alles andere als niedlich.

„Du arbeitest jetzt für mich", sagte er bestimmt. „Und ich erwarte viel von meinen Mitarbeitern. Du strengst dich also besser an."

„Keine Sorge", sagte ich selbstsicherer, als ich mich fühlte. „Ich gebe immer mein Bestes."

„Das ist zu hoffen", sagte er, als zweifelte er ein wenig daran.

„Hoffnung brauchst du da nicht", erwiderte ich kühl und fragte mich gleichzeitig, woher mein Selbstvertrauen kam. Etwas daran, wie er sich verhielt, machte mich wütend. Das war auf keinen Fall der Mann aus meinem Traum.

Er zog eine Augenbraue hoch, ließ meine Aussage aber unkommentiert.

„Ich habe einen Termin in Boston mit einem wichtigen potentiellen Klienten. Du wirst mitkommen", sagte er in einem sachlichen Ton.

„Wann?", fragte ich und erwartete, dass er etwas wie Ende der Woche sagen würde, aber er antwortete: „Wir fliegen in zwei Stunden. Du hast also noch Zeit, einen Koffer zu packen und dir", er musterte mich, „ein paar

Sachen mitzunehmen, die einem Treffen mit internationalen Klienten angemessen sind."

Ich konnte nicht anders, als ebenfalls an mir herunterzublicken. In meinen Augen sah ich gut aus, sicher, nicht teuer, aber professionell.

Ich zuckte mit den Schultern. Dann würde ich eben noch ein paar zusätzliche Blusen und eine neue Hose einpacken.

„Das ist alles", sagte Elias und ließ seinen Blick unmissverständlich zur Tür schweifen.

Ich verließ sein Büro mit einer Mischung aus Schock und Wut. Am liebsten wäre ich zu Patricia gestürzt und hätte sie angebettelt, sich dafür einzusetzen, dass ich wieder mit ihr zusammenarbeiten durfte, aber natürlich tat ich es nicht.

Stattdessen holte ich meine Handtasche und teilte Mary mit, dass ich am Abend mit Elias nach Boston fliegen würde. Sie hob eine Augenbraue, wünschte mir aber nur eine gute Reise.

Auf dem Weg nach Hause schrieb ich eine Nachricht an Jassy. *Bin befördert worden und arbeite jetzt mit Elias Jordan höchstpersönlich zusammen. Muss heute Abend mit ihm nach Boston fliegen. Alles total verrückt. Wenn wir uns nicht mehr sehen, wünsch mir, dass ich nicht durchdrehe.*

Noch bevor ich zu Hause ankam, vibrierte mein Telefon. *Absolut verrückt*, stimmte Jassy mir zu. *Guten Flug und genieß die Zeit, falls möglich! Und pack dir einen Schal ein, Boston kann kalt sein am Abend.*

Ich fragte mich, ob sie schon einmal in Boston gewesen war, und stellte fest, dass es trotz unserer Vertrautheit vieles gab, was ich nicht über Jassy wusste. Sie war zum Studium nach Exeter gezogen wie ich auch und ihre Eltern lebten in Kanada, obwohl sie in England zur Schule gegangen war. Alle anderen Fragen nach ihrer Vergangenheit beantwortete Jassy meistens mit einem Schulterzucken, und ich wollte auch nicht nachbohren. Mir genügte es, dass sie die erste gewesen war, die sich neben mich gesetzt hatte, als ich verloren auf meinem Platz auf den Beginn meiner Vorlesung gewartet hatte, und seitdem waren wir Freundinnen.

Ich schmiss ein paar Klamotten, meinen Pass und meine Zahnbürste sowie Make-Up in einen Koffer und eilte dann zurück zum Büro.

Gerade als ich den Gang zu meinem Platz im Großraumbüro hinunterlief, öffnete sich die Tür zu Elias' Büro und er stand vor mir.

„Bist du fertig?", fragte er und fuhr fort, ohne meine Antwort abzuwarten: „Wir nehmen meinen Wagen."

Während wir im Aufzug nach unten fuhren, herrschte ein unangenehmes Schweigen. Immer wieder bemerkte ich aus den Augenwinkeln, wie er mich anblickte und dann wieder wegsah. Das warme Gefühl in meiner Bauchgegend und vielleicht auch ein bisschen tiefer meldete sich wieder. Vielleicht war er doch nicht so ein schlechter Mensch, wie ich gedacht hatte.

Wir traten aus dem Aufzug in einen Gang, der zum unterirdischen Parkplatz der Firma führte. Luxuswagen reihten sich aneinander, und viele davon hatten ihren angestammten Platz, über dem ein Name und ein Titel prangten. So auch Elias. Natürlich fuhr er einen schwarzen BMW mit verdunkelten Scheiben. Zu meiner Überraschung hielt er mir die Tür auf, und ich setzte mich auf den mit Leder bezogenen Beifahrersitz.

Elias fuhr wie er lief, elegant, mit Kraft, und viel zu schnell.

„Um wie viel Uhr ist der Flug?", fragte ich ihn, doch er winkte ab. „Wir haben eine eigene Maschine. Der Pilot wartet auf uns."

Ich wunderte mich fast darüber, dass Elias selbst fuhr und keinen Chauffeur hatte.

Als hätte er meine Gedanken gelesen, sagte er mit einem leichten Grinsen: „Ich liebe es zu fahren, aber leider ist der Verkehr in London so schleppend."

Dank seines rasanten Fahrstils erreichten wir den Flughafen wesentlich schneller, als ich erwartet hatte. Statt in einen der Terminals zu gehen, winkte mich Elias durch ein Tor an der Seite. Wir passierten eine Sicherheitskontrolle, bei der ich mich wie ein VIP behandelt fühlte, weil sich die Dame alle zehn Sekunden dafür entschuldigte, mein Gepäck zu durchleuchten.

Dann wurden wir aufs Flugfeld geführt, und ich fühlte mich wie in einem Film. Der Pilot begrüßte uns höflich an der Treppe zum Flugzeug. Elias schüttelte ihm die Hand und ich tat es ebenfalls, etwas verwirrt durch die Aufmerksamkeit, die ich nicht gewohnt war.

Im Inneren des Flugzeugs sah es aus wie in einem

luxuriösen Wohnzimmer. Statt den engen Sitzen in einer Reihe, die ich gewohnt war, standen mit weißem Leder bezogene Sessel an zwei Tischen, auf denen sogar Tischdecken lagen.

Elias ließ sich mir gegenüber nieder und streckte die Arme aus. „Willkommen bei Jordans, Pfeiffer & Smith", sagte er mit einem kleinen Grinsen, wurde dann aber wieder ernst. „Wir werden mehrere Stunden unterwegs sein, am besten schläfst du ein wenig, weil wir heute Abend schon eine Veranstaltung haben."

Verblüfft sah ich ihn an. „Heute Abend schon?"

Er nickte nur und zog dann ein Buch aus seiner Aktentasche. Weiteres Gepäck hatte ich bei ihm nicht gesehen, aber bestimmt hatte es jemand bereits im Bauch des Flugzeugs verstaut. Natürlich war das Buch auf Französisch und der Titel so kompliziert, dass ich ihn mit meinem Schulfranzösisch nicht verstand.

Ich lehnte mich in den Sessel zurück und schloss die Augen. Mir wurde beim Fliegen immer etwas schwindelig, und ich spürte ein sinkendes Gefühl in meinen Magen, als wir abhoben. Durch halb geschlossene Lider sah ich immer wieder zu Elias hinüber. Auf keinen Fall konnte ich jetzt schlafen, dafür war ich viel zu aufgeregt. Weder wusste ich, was mich erwarten würde, noch, was von mir erwartet wurde.

„Ich weiß, dass du mich ansiehst", sagte Elias und blätterte eine Seite um, ohne mich anzuschauen. „Warum?"

Ich setzte mich auf. „Ich … ich kann es alles nur noch

nicht fassen", sagte ich, weil mir nichts Besseres einfiel.

„Das kommt mit der Zeit", meinte er nur und blätterte eine weitere Seite um. Reine Show, dachte ich mir, kein Mensch konnte so schnell lesen.

„Worum geht es in dem Buch?", fragte ich, halb in dem Versuch, seinen Bluff aufzudecken.

„Um den Einfluss moderner Ethiktheorien auf das französische Gerichtswesen", gab er ohne zu stocken zurück. „Allerdings betrachtet es auch die historische Seite der Dinge. Sehr faszinierend. Wusstest du, dass Descartes in seinem Discours de la méthode neben naturwissenschaftlichen Erkenntnissen auch moralische und ethische Überlegungen anstellt?"Er fragte es so gelangweilt, als ginge er davon aus, dass jeder Mensch wie selbstverständlich darüber Bescheid wusste.

„Nein", gab ich zurück, und er sah mich zum ersten Mal seit Abflug mit einer Mischung aus Verwunderung und Herablassung an.

„Dann musst du noch viel lernen", murmelte er, aber schien sich dabei in Gedanken auf etwas anderes als Descartes' Discours zu beziehen.

Ich fragte nicht nach. Stattdessen lehnte ich mich wieder in meinem Sessel zurück und schloss die Augen.

Zu viele Fragen gingen mir durch den Kopf, doch statt mich wach zu halten, machten sie mich müde. Langsam driftete ich in meine Träume.

Ich stand Elias Jordans gegenüber. Um uns herum herrschte Dunkelheit, aber ich spürte Gras unter meinen nackten Füßen. Er sah mich mit einem warmen, liebevollen Blick an und ging auf mich mit seinen schnellen, wiegenden Schritten zu. Dann hob er mich hoch, und ich kuschelte mich an seine Brust.

„Lizzy", sagte er, beugte sich zu mir herunter und küsste mich. Der Kuss war zuerst zögerlich, forschend, doch dann wurde er intensiver, und ich küsste ihn zurück, voller Ungeduld. Ich wollte mehr von ihm spüren und legte meine Arme um seinen Nacken, zog ihn zu mir heran. Er ging in die Knie, sodass ich auf seinem Schoss lag, eine Hand in meinem Rücken. Mit der anderen fuhr er meinen Körper entlang, glitt über meine Hüfte zu meinen Beinen und wieder zurück. Ich tastete mich ebenfalls vor, fuhr die leichte Beugung seines Rückens entlang, fühlte die kräftigen Muskeln seiner Brust und drückte mich an ihn.

Er sank zurück, sodass ich auf ihm lag, und ich setzte mich auf.

Sein Blick ruhte noch immer auf mir, so voll von Liebe, dass meine Brust zu platzen schien. Seine Hände wanderten zu meinen Hüften, zu meinem Rücken, wo das lose weiße Gewand, das ich trug, zusammengehalten wurde. Seine Hände lösten die Schnüre, und ich knöpfte sein Hemd auf.

Atemlos küsste ich ihn wieder, und wieder, und fühlte mich, als würde ich kurz vor einer Explosion stehen. Jeder Zentimeter zwischen uns war zu viel Abstand, und ungeduldig zerrte ich an seinem Hemd.

Er schob mir das Kleid von den Schultern, und es fiel hinter mir zu Boden. Langsam richtete er sich auf, eine

Hand in meinem Rücken, und dann spürte ich sein Gewicht auf mir, beruhigend und bereit, mit ihm zu verschmelzen.

Sein Hemd war verschwunden, und ich fuhr über seine Haut, die weich und warm auf meiner lag.

Hitze breitete sich in meinem Bauch aus und wanderte dann tiefer. Voller Ungeduld zog ich ihn näher, und er lächelte mich an. Ich verlor mich im Braun seiner Augen, während seine Küsse intensiver, gieriger wurden, und er ließ seine Lippen über meinen Hals streichen.

Meine Hände gingen zu seiner Hose, lösten den Gürtel und warfen ihn zur Seite, und ich wollte ihn, wollte ihn mehr, als ich je etwas gewollt hatte in meinem Leben.

Ich spürte, wie er sich hart an mich drückte, und stöhnte auf.

Nach Luft schnappend wachte ich auf.

Elias saß mir gegenüber, sah mich über die Seiten seines Buches hinweg an und grinste.

„Na, gut geschlafen?", meinte er, und ich wurde das Gefühl nicht los, dass er dagewesen war, dort, in meinem Traum.

Meine Wangen wurden heiß. „Ja", murmelte ich.

„Sehr gut", sagte er und blätterte eine Seite um, seinen Blick noch immer auf mich gerichtet. „Wir sind bald da."

Ich konnte es mir nicht verkneifen, ihn anzusehen. Da waren die dunklen Augen, das Hemd, das ich eben im Traum von ihm gerissen hatte, der Gürtel … Aber der

Mann war ein anderer. Der Blick in seinen Augen war kühl und hatte nichts von der Wärme, mit der er mich im Traum angesehen hatte. Seine Haltung war aufrecht, nicht mir zugewandt. Am liebsten wäre ich aufgesprungen, hätte ihn auf die Beine gezerrt und hätte ihn dazu gebracht, mich so anzusehen wie in meinem Traum.

Es war nur ein Traum, sagte ich mir und spürte die Enttäuschung in mir aufsteigen. Ein verrückter, dummer Traum, der nichts mit der Realität zu tun hatte.

Ich sah aus dem Fenster und konnte in der Ferne bereits Lichter im Dunkel entdecken. Boston lag am Meer, das wusste ich, und mir gruselte ein wenig bei der Vorstellung, tausende Meter aus Luft und Wasser unter mir zu haben.

Der Landeanflug begann, und ich spürte ein aufgeregtes Kribbeln. Was mich wohl erwartete, dort, in der Stadt? Ich reckte den Hals, doch außer den Lichtern Bostons konnte ich nichts entdecken.

„Hast du noch andere Kleidung dabei?", fragte Elias und musterte mich. Die Erinnerung an meinem Traum wurde wieder wach, und ich spürte, wie meine Wangen heiß wurden.

„Noch ein paar Blusen und Hosen", sagte ich kleinlaut.

Er schüttelte den Kopf. „Heute Abend gehen wir auf ein Galadinner. Dort wird etwas anderes erwartet als Blusen und Hosen."

„Aber ich habe nichts sonst dabei", sagte ich, mit etwas mehr Nachdruck. „Tut mir leid, aber meine Kleider für

Galadinner habe ich alle in London gelassen."

Entweder hörte er den sarkastischen Unterton in meiner Stimme nicht, oder er ignorierte ihn.

„Dann werde ich etwas für dich arrangieren. So kann ich dich nicht mitnehmen."

Seine Antwort war endgültig, und mir fiel keine Bemerkung ein, die seine Meinung geändert hätte.

Ich rutschte auf dem Sitz hin und her. „Ich habe aber nicht so viel Geld", merkte ich an, auch wenn es mir peinlich war, das zuzugeben. In Elias' Welt gab es das wahrscheinlich nicht, Leute ohne Geld, aber ich war immerhin nur eine Praktikantin. Stolz reckte ich mein Kinn vor. Es war, wie es war.

Wieder sah er mich mit der Mischung aus Verblüffung und Herablassung an, als hätte er sich in mir getäuscht. „Keine Sorge", sagte er nur. „Die Firma bezahlt."

Damit war das Thema für ihn erledigt, und ich sprach es auch nicht mehr an.

Wir landeten sanfter, als ich es je erlebt hatte, und der Pilot wartete am Ausgang auf uns, um uns zu verabschieden. Etwas wehmütig sah ich ins gemütliche Innere des Privatjets zurück. Mein Magen grummelte, und Elias zog eine Augenbraue hoch. „Du hast das Essen verschlafen, ich hätte dich wecken sollen", stelle er fest. „Es war ganz vorzüglich. Aber du schienst schöne Träume zu haben."

„Danke", knurrte ich, wieder mit dem unangenehmen Gefühl, dass er wusste, wovon ich geträumt hatte.

Wir passierten die Einreisekontrolle, und mich

durchfuhr die Erkenntnis, dass ich kein Visum hatte – natürlich hatte sich Elias um alles gekümmert, und ich traute mich nicht zu fragen, woher er meine Passnummer hatte.

Ein schwarzer BMW, sehr ähnlich dem Modell, das Elias fuhr, wartete bereits auf uns. Wir nahmen auf der Rückbank Platz, und Elias begann, auf seinem Handy zu tippen.

Ich schaltete meines ein und sah sieben verpasste Anrufe von Jassy. Das würde warten müssen, bis wir im W-LAN des Hotels waren. Hoffentlich gab es ein Hotel, aber sicherlich hatte Elias auch das arrangiert.

Tatsächlich brachte uns der Fahrer zu einem Prachtbau. Auf dem Weg dorthin sah ich aus dem Fenster und bestaunte die alten Gebäude der Bostoner Innenstadt. Rote Backsteinhäuser und weiße Fassaden mit Stuck ragten auf, übertrumpft von den gläsernen Hochhäusern, die bis in den Himmel zu reichen schienen.

Durch eine Glastür, die von einem Portier aufgehalten wurde, traten wir in die Halle des Hotels. Mein Blick ging nach oben, wo geschmackvolle Blütenranken eine gläserne Kuppel einschlossen, von deren Mitte ein Kronleuchter hing, der tausend filigrane Fühler aus Kristall ausstreckte. Marmorsäulen zogen sich bis an die Decke, und schwere Samtvorhänge säumten die mit Silber eingerahmten Fenster.

Elias schien den Prunk um uns herum nicht zu bemerken, sondern steuerte die ebenfalls aus Marmor bestehenden Rezeption an. Eine Schlange stand davor, aber er ging einfach an ihr vorbei und wurde von der Rezeptionistin wie ein alter Freund begrüßt.

„Mister Jordans, es freut mich sehr, Sie wieder in unserem Hotel begrüßen zu dürfen", sagte sie mit einem starken amerikanischen Akzent.

„Es ist mir ebenfalls eine Freude", sagte er und lächelte charmant. Wenn das Lächeln mir gegolten hätte, wäre ich vermutlich nicht in der Lage gewesen, noch einen Satz herauszubringen.

„Die Suite wie immer?", fragte die Frau und begann in ihren Computer zu tippen.

„Ja, und ein Zimmer in einer der oberen Etagen für meine Assistentin." Er wies auf mich, ohne sich umzudrehen.

Assistentin, das war ich nun also. Nun gut, vielleicht bedeutete das einen Aufstieg in der Hierarchie, also akzeptierte ich es.

Sie schob zwei Schlüsselkarten über den Tresen und erklärte in geübtem Ton, dass Essen jederzeit auf unser Zimmer gebracht werden könnte, ohne zusätzliche Kosten für ihren Stammgast. Auch der Spa- und Fitnessbereich stünde uns jederzeit offen.

Er nickte nur und reichte mir eine Schlüsselkarte.

Auf dem Weg zum Aufzug sagte er in einem Ton, der keine Widerrede erlaubte: „Pack deine Sachen aus und sei in zwanzig Minuten wieder hier unten. Meine amerikanische Assistentin erwartet dich, damit du dir vernünftige Kleider kaufen kannst. Sie wird dich zu den richtigen Geschäften bringen. In zwei Stunden treffen wir uns hier in der Halle."

Ich folgte ihm zum Aufzug, doch als ich hinter ihm eintreten wollte, legte er eine Hand auf meinen Rücken. Die Berührung ließ mich nach Luft schnappen. Seine warme Handfläche brannte wie Feuer auf meinem Rücken, und ich musste den Impuls unterdrücken, mich ganz in seine Arme sinken zu lassen. Ich drehte mich um, bemüht, den Kontakt nicht abbrechen zu lassen, doch er grinste nur und schob mich aus dem Aufzug heraus. „Das hier ist der Aufzug für die Suiten, du musst einen anderen nehmen."

Damit ließ er mich stehen, doch das Gefühl der Berührung blieb zurück wie ein Geist. Ich fragte mich, was Elias mit mir anstellte. Noch nie war ich von einem Mann so fasziniert gewesen wie von ihm. Es war, als läge ein Bann auf mir.

Ich fuhr zu meinem Zimmer, das mir den Atem raubte. Es war doppelt so groß wie unsere ganze Wohnung in London und ausgestattet mit einem luxuriösen Bad mit Badewanne. Alles in mir sehnte sich danach, mich auf dem mit weißen Stoffen und viel zu vielen Kissen ausgestatteten Bett auszustrecken oder in die Badewanne zu gleiten, aber ich hatte keine Zeit dazu.

Ich frischte mein Make-Up auf und kämmte meine Haare. Dann rief ich Jassy über WhatsApp an, nachdem ich die zahllosen besorgten Nachrichten von ihr gelesen hatte.

„Wo bist du?", fragte sie atemlos. „Du kannst doch nicht einfach so nach Boston abhauen!",Ich bin im schicksten Hotel, in dem ich je in meinem Leben war", schwärmte ich. „Wir sind in einem Privatjet geflogen! Und gleich muss ich shoppen gehen für ein Galadinner. Ich weiß gar nicht, was aus meinem Leben geworden ist."

Jassy schwieg, dann meinte sie: „In Ordnung. Aber sei vorsichtig, ich fühle mich nicht wohl bei dem Gedanken, dass du so weit weg bist.""Keine Sorge!", sagte ich und lachte. „Ich bin bisher gut durchs Leben gekommen."

Dann fügte ich hinzu: „Außerdem ist Elias Jordans ja bei mir, und zumindest in meinen Träumen rettet er mich immer."

„Noch ein Grund mehr, sich Sorgen zu machen. Wer weiß, was der Typ vorhat", sagte Jassy vorsichtig.

Ich lachte laut auf. „Ich glaube nicht, dass er irgendwelche unanständigen Hintergedanken hat."

Mein Traum kam mir wieder in den Sinn, und ich fragte mich, ob ich wirklich etwas dagegen hatte, wenn er Hintergedanken hätte. Aber nein – der Mann aus meinen Träumen war ganz anders als mein überheblicher, schroffer Boss.

„Ich muss jetzt los", sagte ich mit einem Blick auf die Uhr. „Meine Shoppingassistentin wartet auf mich."

„Na gut", sagte Jassy mit einem Seufzer. „Pass auf dich auf."

„Und du auf dich!"

Damit legte ich auf.

Im Foyer wartete bereits eine Frau in Hosenanzug und mit blondem Pferdeschwanz auf mich. Sie lächelte mich an. „Ich bin Hanna. Elias hat mir schon erzählt, was du brauchst."„Großartig", sagte ich und schüttelte ihre Hand, „mir nämlich nicht!"

Sie lachte auf. „Nimm's ihm nicht übel, er ist ein sehr beschäftigter Mann."

Neugierig musterte sie mich. „Du hast echt schöne Augen, so grün. Da müssen wir unbedingt etwas finden, das dazu passt. Ich habe schon was im Kopf, komm mit!"Damit führte sie mich nach draußen, wo bereits der Fahrer auf uns wartete. Sie nannte ihm eine Adresse, und er startete den Wagen.

„Was machst du bei Jordans, Pfeiffer & Smith?", fragte ich Hanna interessiert.

Sie zuckte mit den Schultern. „Ich bin Elias Jordans' persönliche Assistentin hier in Boston. Wir haben ein Büro hier, wusstest du das?"

Ich schüttelte den Kopf.

„Ich kümmere mich um alles für ihn, seine Termine, arrangiere seine Flüge und so weiter. Ich war ziemlich überrascht, als er mir gesagt hat, dass du heute mitkommst, ehrlich gesagt. Normalerweise reist er allein."

„Ich war auch ziemlich überrascht", gab ich zu. „Bis gestern habe ich noch für Patricia Dunham gearbeitet."

„Ah, Patricia", sagte Hanna, aber aus ihrer Miene konnte ich nicht lesen, ob sie etwas gegen die Frau hatte oder nicht.

„Wir sind da", wechselte sie dann das Thema, und wieder blieb mir die Luft weg. Unser Wagen hatte vor einer Boutique gehalten, in deren Schaufenster die schönsten Kleider ausgestellt waren, die ich je gesehen hatte. Die Schnitte waren elegant, wirkten aber trotzdem unglaublich teuer, und ich traute mich beinahe nicht, mit meinen Pumps den weißen Marmorboden zu betreten.

„Danke, dass Sie noch einmal für uns aufgemacht haben", sagte Hanna zu einer in einem schicken Kostüm gekleideten älteren Frau, die an der Tür auf uns wartete.

„Kein Problem, es ist uns eine Freude", antwortete die Frau mit einem französischen Akzent. „Möchten sie etwas trinken? Cappuccino? Champagner?"

Ich konnte nicht anders und sagte: „Einen Champagner für mich, bitte."

Während die Frau hinter dem Tresen verschwand, sah ich mich um. Jedes Kleidungsstück schien hier einen eigenen Ausstellungsraum einzunehmen, als wären wir in einem Museum. Ich sah eng geschnittene Kostüme aus heller Seide, lange Abendkleider mit dezenten Mustern, und schließlich ein Gewand, auf das Hanna zusteuerte. Es erinnerte mich an das Gewand, das ich in meinem Traum getragen hatte, nur war es grün statt weiß.

Hanna zeigte darauf, und die Frau nahm es für uns von der Wand. „Ah, perfekt", murmelte sie und hielt es mir an. „Es unterstreicht die Farbe Ihrer Augen wundervoll. Dazu ein wenig Silberschmuck, etwas Dezentes, und beige Schuhe, mehr brauchen Sie nicht."

Ich nahm das Kleid entgegen, und die Frau führte mich zu einer Kabine, in der ich mich umziehen konnte. Ich schälte mich aus meinen Klamotten und probierte das Kleid an. Es war einfach geschnitten mit einem langen Rock, der in sanften Falten zu Boden fiel und auf der Seite etwas gerafft war. Das Oberteil saß wie angegossen und betonte meine nicht gerade üppige Oberweite auf dezente Weise.

Ich sah aus wie eine griechische Göttin in Grün.

Als ich aus der Umkleidekabine trat, applaudierte Hanna. „Wunderschön", sagte sie, „wirklich wunderschön!"

„Ich stimme zu, wirklich wundervoll. Wie für Sie gemacht", säuselte die ältere Frau und reichte mir ein Glas mit sprudelndem Champagner. Ich nahm es entgegen und fragte mich, ob ich den kleinen Finger beim Trinken abspreizen sollte.

„Wir nehmen es", stellte Hanna fest, bevor ich auch nur einen Blick auf das Preisschild werfen konnte.

Die ältere Frau nickte und verschwand dann hinter dem Tresen, wo sie ein Paar Highheels aus beigem Leder, lange Ohrringe aus fließendem Silber und eine silberne Clutch hervorholte. Sie nickte mir aufmunternd zu, und ich legte die Ohrringe an, schlüpfte in die Schuhe und bewunderte mich im Spiegel. Mit einem Mal wirkte ich nicht mehr wie das einfache Mädchen vom Dorf, das sich mit billigen H&M Klamotten als angehende Anwältin verkleidete, sondern fühlte mich wie eine Prinzessin. Die Schuhe waren hoch, aber nicht unbequem, und ich lief ein paar vorsichtige Schritte, ohne mir die Knöchel zu brechen.

Wieder klatsche Hanna. „Wahnsinn, genau das, was wir brauchen."

Sie zückte eine schwarze Kreditkarte und ich sah weg, als die Zahl auf der Kasse aufblinkte. Gute siebentausend Dollar kostete der Spaß, und ich versuchte, nicht daran zu denken, was passierte, wenn ich mir Tomatensuppe über das Kleid kippte.

Vorsichtig schlüpfte ich aus dem Kleid heraus und zog mich wieder an.

Mit mehreren Einkaufstaschen beladen verließen wir die Boutique. Ich wusste nicht, ob es der Champagner war oder der schiere Preis dessen, was sich in den Taschen verbarg, der mich schwindelig werden ließ.

„Nun zur Unterwäsche", sagte Hanna, während sie auf ihr Handy schaute.

„Un … Unterwäsche?", stammelte ich. „Ist das denn wichtig?"

Sie zuckte mit den Schultern. „Anweisung vom Chef."

Ich spürte, wie meine Wangen heiß wurden. Der Moment im Aufzug, wie er mich angefasst und rausgeschoben und dabei so unverschämt angegrinst hatte, kam mir wieder in den Sinn. Und jetzt schickte er mich noch Unterwäsche kaufen … Nach dem ersten Moment der Scham bildete sich Empörung in mir. Das tat er doch absichtlich, um mich zu schikanieren!

Hanna führte mich in ein Geschäft neben dem, in dem wir das Kleid gekauft hatten. Ich hatte schon befürchtet, in einem halben Sexshop zu landen, doch die Unterwäsche hier war geschmackvoll – und teuer. Statt aneinandergereihter Kleiderbügel wurde jedes Stück einzeln präsentiert, und ich ertrank in dem Meer aus Spitze und Seide.

„Wie wäre es hiermit?", meine Hanna und hielt mir ein schwarzes Set an. Der untere Teil des BHs war blickdicht, aber darüber gab ein Saum aus Spitze Einblicke frei. Auch das Höschen bestand aus einem blickdichten Teil, eingerahmt von Spitze.

„Wunderschön", sagte ich und meinte es auch. Ich befühlte den Stoff, der mir edel und teuer erschien. Es war auch genau meine Größe, und ich entschied mich dazu, das Set zu nehmen. Heimlich fragte ich mich, ob es wohl auch das war, was Elias sich vorgestellt hatte, als er mich zum Unterwäschekaufen geschickt hatte.

Ich nickte Hanna zu, und wieder bezahlte sie mit der schwarzen Visakarte der Firma. Dreihundert Dollar leichter und mit einer weiteren, dezenten Tüte ausgestattet verließen wir den Laden.

Hanna besah mich von oben bis unten, bevor sie in den wartenden Wagen stieg. „So viel zu der Kleidung." Prüfend befühlte sie meine Haare, die ich mir natürlich heute Morgen nicht gewaschen hatte, und schüttelte den Kopf. „Da müssen wir auch noch etwas machen."

Sie nannte dem Fahrer eine weitere Adresse, und wir stiegen vor einem Beautysalon wieder aus. Die folgende Stunde verbrachte ich damit, auf einem Frisörstuhl zu sitzen, noch mehr Champagner und Cappuccino zu trinken und eine Frau mit Glätteisen und Lockenstab in meinen Haaren herumfuhrwerken zu lassen.

Auch mein Make-Up trugen sie auf, und als ich in den Spiegel blickte, erkannte ich mich kaum wieder. Selbst mein Gesicht schien schmaler, die Nase besser definiert, und eine zarte Röte färbte meine Wangen, die trotz der Mengen an Make-Up, die ich auf meinem Gesicht hatte, natürlich wirkte.

Meine Augen glänzten grüner denn je, und wieder nickte Hanna zufrieden. „Sehr gut", sagte sie, als wäre ich ihr Meisterwerk. „Jetzt bin ich zufrieden."

Zurück im Hotel zog ich mich vorsichtig um, um das Make-Up nicht in das Kleid zu schmieren, und machte ein Foto, das ich an Jassy schickte. *Ich bin eine Prinzessin!*, schrieb ich dazu, und sie antwortete mit einem lächelnden Smiley und den Worten: *Ja, das bist du.*

Als ich unten im Foyer ankam, wartete Elias bereits auf mich. Er musterte mich prüfend und stellte dann fest: „Viel besser."

Ich hatte kein überschwängliches Lob erwartet, aber zumindest ein kleines Kompliment, und etwas enttäuscht lief ich hinter ihm her zu unserem Wagen.

„Deine Assistentin ist echt nett", bemerkte ich, als wir im Auto saßen, doch er zuckte nur mit den Schultern und tippte weiter auf seinem Handy herum.

Der Fahrer brachte uns zu einem weiteren Luxushotel, zumindest sah es von außen so aus. Die gläserne Fassade zog sich hoch in den dunklen Himmel, und hier und dort erleuchtete Licht die Fenster. Die Eingangshalle war ebenso prachtvoll wie die unseres Hotels, und ich bestaunte den Kronleuchter, bevor Elias mich weiterwinkte. Sogar ein Springbrunnen befand sich in der Halle, und das Wasser wurde von mehreren Leuchtdioden rot gefärbt.

Er führte mich zu einer großen Doppeltür, hinter der ich Gelächter und gedämpfte Musik hören konnte.

Ein Mann in altmodischem Frack und mit Portiersmütze stand davor, die behandschuhten Hände hinter dem Rücken gefaltet.

„Dürfte ich Ihre Einladung sehen?", fragte der Portier, und Elias runzelte die Stirn. „Ich bin Elias Jordans, und das ist meine Assistentin", sagte er langsam, aber in seiner Stimme klang etwas mit, das mich frösteln ließ. Der Mann nickte, und ohne noch einmal nach einer Einladung zu fragen, öffnete er die Tür.

Lichter strahlten mir entgegen. Auch hier glänzte das Kristall eines filigranen Kronleuchters, und Marmor zog sich auf den Wänden und in einem komplizierten Muster auf dem Boden entlang. Bankettische standen zu beiden Seiten des riesigen Raumes, und luxuriös gekleidete Frauen und Herren saßen auf samtbezogenen Stühlen oder standen auf der Tanzfläche.

Meine Augen wurden groß, als ich all die Speisen auf dem Buffet sah.

„Wir sollten erst den Gastgeber begrüßen, bevor wir uns auf das Buffet stürzen", meinte Elias und führte mich durch die Menge zur Spitze der rechten Tafel.

Ein älterer Herr in einem altmodisch wirkenden Anzug saß dort, und Elias deutete eine Verbeugung an. „Mister

Baradaque", sagte er, und sprach den Namen des Mannes französisch aus. „Vielen Dank für die Einladung zu Ihrer Feier."

Dann fügte er noch ein paar Sätze auf Französisch hinzu, wobei seine Stimme einen samtenen, charmanten Ton annahm, und Mister Baradaque lachte herzlich.

Neugierig betrachtete ich unseren Gastgeber. Der Mann musste in seinen Vierzigern sein, hatte sich aber gut gehalten. Sein dunkles Haar wies bereits einige graue Strähnen auf, aber war noch voll, und die Fältchen um seine Augen ließen ihn gutmütig wirken.

„Und wer ist die junge Dame?", fragte er nun, ohne den Blick von Elias zu wenden.

„Das ist meine britische Assistentin, Elisabeth Davis", antwortete Elias, ebenfalls, ohne mich anzusehen. „Sie ist heute Abend meine Begleitung. Wir haben einige Geschäfte in der Stadt."

Mister Badaraque nickte nur und wechselte dann wieder auf Französisch.

Ich blickte zum Buffet und spürte wieder meinen Hunger. Ob es unhöflich wäre, mich zu verabschieden? Die anderen schienen bereits gegessen zu haben, hier und dort räumten Kellner in schwarzen Anzügen und mit weißen Handschuhen leere Teller vom Tisch. Ich hatte Angst, dass sie bald auch das Essen abtragen würden.

Als hätte er meine Gedanken gelesen, nickte Elias unserem Gastgeber noch einmal zu und nahm dann zu meiner Überraschung meinen Arm. Die Berührung schickte einen Stromstoß durch meinen Körper, und ich spürte deutlich seine Wärme neben mir.

„Wir werden uns jetzt etwas zu essen suchen, der Flug war lang", sagte er, und Mister Baradaque lachte sein freundliches Lachen.

„Er ist ein wichtiger Geschäftsmann, der sich überlegt, Jordans, Pfeiffer & Smith für einige interne Geschäfte anzustellen", sagte Elias im Plauderton, während wir auf das Buffet zu marschierten.

Ich nickte nur, da ich mit dieser Information angesichts des Essens vor mir nichts anfangen konnte.

Zuerst hielt ich mich zurück, doch dann überwog mein Hunger. Ich lud mir den Teller voll mit Pasteten, gegrilltem Gemüse, kleinen Happen mit Steak und Kaviar und balancierte mein Essen zurück zum Tisch auf der Suche nach einem freien Platz. Elias war beim Buffet geblieben, um mit einer älteren, mit Schmuck überhangenen Frau zu reden, deren Haare sich zu einer aufwändigen Frisur auftürmten, aber das war mir in diesem Augenblick egal.

Ein Kellner brachte mir Silbergeschirr, und die Anzahl an Gabeln und Messer überforderte mich, zumal sie alle gleich aussahen.

Mit großen Bissen stopfte ich das Essen in mich hinein, immer besorgt, mein Kleid nicht zu ruinieren. Schließlich lehnte ich mich satt in meinem Stuhl zurück.

Ich sah mich nach Elias um, aber konnte ihn nicht entdecken. Das sah ihm ähnlich, erst entführte er mich nach Boston, brachte mich auf eine Party, auf der ich keinen kannte, und verschwand dann.

Ich beschloss, die Toilette aufzusuchen, und lief etwas ziellos durch den Saal, bis einer der Kellner Mitleid mit mir hatte und mir sagte, dass sich die Toiletten draußen befänden.

Auch hier stand ein Portier, um sicherzugehen, dass ich nicht selbst die Anstrengung unternehmen musste, die Tür zu öffnen.

Ich folgte dem Gang, bei dem ich mir sicher war, dass wir hier durchgekommen waren. Doch die Türen, die davon abgingen, kamen mir unbekannt und nichtssagend vor. Schließlich entdeckte ich eine Glastür, die nach draußen führte, und entschied mich dazu, ein wenig frische Luft zu schnappen. Die Toilette konnte ich danach noch immer suchen.

Die Tür führte in einen Garten, der mit Säulen umstanden war. In der Mitte glühte ein Springbrunnen im gleichen Rot wie der in der Lobby des Hotels, und ich blieb neben einer der Säulen stehen und starrte verträumt auf das Wasser.

Dann hörte ich Stimmen und bemerkte die zwei Figuren, die vor dem Brunnen standen. Die eine war Elia. Seinen breiten Rücken und die dunklen, gut frisierten Haare würde ich überall erkennen. Er hatte die Hände hinter dem Rücken verschränkt und sah von mir weg auf den Brunnen.

Neben ihm stand eine etwas zierlichere Gestalt in einem Abendkleid, das kurz unter den Knien endete und sich an ihre perfekte Figur anschmiegte. Ihr dunklen Arme waren frei, doch sie trug ein dünnes Armband aus

Gold ums Handgelenk. Ich blinzelte erstaunt. Das konnte doch nicht …

Dann hörte ich ihre Stimme klar und deutlich. Es war Patricia. Aber was machte Patricia hier? Der Ton ihrer Stimme klang scharf, und ich spitzte die Ohren, um mitzubekommen, was sie sagte.

„Warum hast du sie hierher gebracht? Ich weiß, dass du etwas im Schilde führst", sagte sie.

Sprach sie etwa von mir? Mit klopfendem Herzen wartete ich Elias' Antwort ab.

„Ich kann machen, was ich will", sagte er gelangweilt. „Immerhin bin ich der Boss der Firma, falls du das vergessen hast."

„Ich habe es nicht vergessen", sagte sie säuerlich. „Ich glaube es nur nicht."

Er drehte sich halb zu ihr um, und ich konnte im Licht des Springbrunnens sehen, wie er eine Augenbraue hob. „Du glaubst es nicht?"

„Du bist wirklich nicht besonders subtil", gab sie zurück. „Ich bezweifele nicht, dass du der Boss der Firma bist, aber ich weiß, dass du auch … etwas anderes bist."

Elias lachte auf, aber es klang nicht besonders fröhlich. „Ich bin etwas anderes? Na gut, du hast mich durchschaut. Was bin ich denn?"Sie zögerte, dann fauchte sie: „Karan."

Ich runzelte die Stirn und versuchte, das Wort mit irgendetwas in Einklang zu bringen, was ich schon einmal gehört hatte, aber ich verstand es nicht.

„So, ein Karan? Von mir aus", sagte Elias, ohne von diesem Angriff besonders aus der Fassung gebracht zu sein. „Dann bist du wahrscheinlich eine Aydin."

Noch so ein Wort. Karan? Aydin? Was sollte das bedeuten?

Elias hob eine Hand. „Du hast mich durchschaut", sagte er noch einmal. „Und was jetzt? Wirst du mich umbringen? Ich wünsche dir viel Glück dabei."

Ich starrte auf seine Hand. Flammen züngelten zwischen seinen Fingern, und er spielte mit dem Feuer wie eine Katze mit einer Maus.

Wie machte er das? War das ein Zaubertrick? Es sah nicht danach aus.

Dann schloss er seine Hand, und das Feuer verschwand.

„Ah. Also doch kein Kampf", stellte er fest.„Nicht jetzt. Nicht hier. Aber glaub nicht, dass ich nicht ein Auge auf dich habe. Ein Auge auf dich … und eines auf Elisabeth."

„Ihr habt wirklich schlechte Arbeit geleistet mit eurer Prinzessin", sagte Elias und zog das Wort ‚eure' dabei spöttisch in die Länge. „Sie weiß nichts, sie kann nichts … ich bin enttäuscht. Zu leicht zu töten."

Prinzessin? Meinte er etwa mich? Und was zum Teufel sollte es heißen, dass ich zu leicht zu töten war?

Mein Herz schlug schneller, und ich machte einen Schritt zurück.

„Ich muss dir nichts erklären, Karan", fauchte Patricia. Dann drehte sie sich auf dem Absatz um, den Blick noch immer auf Elias gerichtet.

Mist. Ich musste weg, sonst würden sie mich entdecken. Und ich hatte keinen Zweifel, dass diese Unterhaltung nicht für meine Ohren bestimmt war. Vorsichtig drehte ich mich um und schlich den Weg zurück, den ich gekommen war.

Die Tür fiel zu laut hinter mir ins Schloss, doch da rannte ich schon.

Mein bodenlanges Kleid behinderte mich beim Laufen, also raffte ich es mit beiden Händen. Hinter mir hörte ich Schritte, und dann Patricias Stimme: „Elisabeth! Warte!"
Doch ich wartete nicht.

Ich durchquerte das Foyer und wollte schon in den Wagen springen, der dort auf mich wartete, als mir bewusst wurde, dass das keine gute Idee war. Was oder wer auch immer Elias Jordans wirklich war, bestimmt arbeitete der Mann für ihn.

„Fahr zum Hotel zurück", wies ich ihn durch die geöffnete Scheibe hindurch an, und er sah mich verständnislos an, startete dann aber den Wagen.

Ich machte auf dem Absatz kehrt und lief in die andere Richtung, vorbei an riesigen Hochhäusern, die im Licht der Straßenlaternen glänzten.

Immer wieder sah ich über meine Schulter, aber weder Patricia noch Elias verfolgte mich.

Sobald ich konnte, rannte ich um eine Ecke, dann um noch eine, bis das Hotel und der Ballsaal weit hinter mir lagen.

In einer Seitengasse machte ich schließlich Halt und

schnappte nach Luft. Ich fummelte mein Handy aus der Handtasche. Kosten hin oder her, ich musste Jassy anrufen und ihr berichten, was gerade passiert war. Sie hatte bestimmt eine vollkommen rationale Erklärung dafür.

Doch der Bildschirm meines Telefons blieb dunkel. Ich erinnerte mich vage daran, dass ich nur noch wenig Batterie gehabt hatte, als ich mit ihr im Hotel gesprochen hatte. Natürlich hatte ich mein Ladekabel in England vergessen.

Leise fluchte ich. Was nun? Ich musste irgendwann ins Hotel zurück, ich konnte doch nicht auf der Straße übernachten und Geld hatte ich ebenfalls keins dabei – meine Kreditkarte lag im Hotel. Und selbst wenn ich sie gehabt hätte, hätte ich mir damit vielleicht gerade noch einen Platz in einem Hostel kaufen, aber keinesfalls den Rückflug finanzieren können.

Vielleicht hatte ich überreagiert. Sicherlich, das Gespräch zwischen Patricia und Elias war verstörend gewesen, und dieses Feuer … Aber vermutlich hatte ich mich nur von einem einfachen Zaubertrick erschrecken lassen. Glaubte ich etwa wirklich, dass Elias Jordans magische Fähigkeiten hatte und mich umbringen wollte?

Fast musste ich lachen, als ich darüber nachdachte.

Ich überlegte schon, ob ich einfach umkehren und darauf vertrauen sollte, dass ich mich verhört hatte, als mir jemand den Weg versperrte.

Ich griff meine Handtasche fester, bereit, sie als Waffe einzusetzen.

Vor mir stand ein junger Mann in Lederjacke und Jeans. Seine kantigen Gesichtszüge und die braunen Augen erinnerten mich für einen Moment an Elias, aber er wirkte jünger. Ein breites Grinsen erschein auf seinem Gesicht, während er mich mit unverhohlenem Interesse musterte.

„Lass mich durch", sagte ich kühl und bemühte mich, die Stimme in mir heraufzubeschwören, die ich mit dem Typen im Restaurant eingesetzt hatte.

„Versuch's nochmal", sagte der Mann in einem Ton, die vor Spott nur so triefte. Dann verbeugte er sich, ohne den Blick von mir abzuwenden. „Es ist mir eine Ehre, Prinzessin."

Prinzessin, schon wieder dieses Wort. Bestimmt machte er sich nur darüber lustig, dass ich so aufgetakelt unterwegs war.

„Lass mich durch", forderte ich, und ich spürte, wie meine Stimme in mir vibrierte. Das war es, das war der Ton, mit dem ich den anderen Mann verjagt hatte. Doch dieser zog nur die Augenbraue hoch. „Schon besser", meinte er. „Aber ich befürchte, das wirkt nur bei Menschen."

Nervös machte ich einen Schritt zurück. „Aha, und du bist also kein Mensch?", fragte ich fordernd, während ich mir überlegte, wie schnell ich in meinen Highheels wohl rennen konnte. Er sah muskulös aus und als könnte er sehr schnell laufen. Auf jeden Fall schneller als ich in diesen Schuhen.

„Nein, meine Liebe, natürlich nicht", sagte er mit

89

gespielter Überraschung. „Weißt du denn gar nichts? Ich hätte gedacht, dass ihr Aydin einen Karan auf hunderte Meter Entfernung erkennen könnt."

Mein Herz hämmerte. Da waren sie, diese beiden mysteriösen Worte, von denen auch Elias und Patricia gesprochen hatten.

„Kennst du Elias Jordans?", fragte ich, unfähig, mir einen Reim auf das Ganze zu machen.

„Natürlich, wenn auch nicht unter diesem Namen. Man könnte sagen, wir kennen uns seit dem Tag, an dem ich geboren wurde", sagte er mit einem Grinsen. „Ich bin sozusagen Teil der Jordans-Familie, wenn es sie unter diesem Namen geben würde."

Verwirrt starrte ich ihn an. „Du bist sein Bruder", stellte ich fest. „Er hat nie erwähnt, dass er einen Bruder hat." Dann wiederum kannte ich Elias auch erst seit einem Tag, und der junge Mann vor mir wirkte nicht wie ein Bruder, den man als erfolgreicher Anwalt gern erwähnte.

„Ja", antwortete der Mann. Dann sah er mich mit einer Mischung aus Abscheu und Neugierde an. „Du weißt wirklich gar nichts, Prinzessin?"

„Hör auf, mich Prinzessin zu nennen", sagte ich entnervt. Ich hatte für solche Kosenamen nicht viel übrig und wollte nur noch weg. Elias' Bruder oder nicht, der Mann hatte ganz offensichtlich nicht alle Tassen im Schrank, oder er und Elias spielten ein krankes Spiel mit mir.

Er zuckte nur mit den Schultern. „Na gut, dann nicht.

Wie soll ich dich dann nennen? Elisabeth? Oder Lizzy?"

Mein Herz begann schneller zu schlagen, als er meinen Namen sagte, und ich wischte meine feuchten Hände an meinem Kleid ab. Natürlich musste Elias ihm meinen Namen verraten haben, aber warum?

„Was ist los mit euch? Seid ihr vollkommen durchgedreht?", fragte ich, während ich an ihm vorbeispähte. Vielleicht kam zufällig jemand vorbei, der mir helfen konnte, aber natürlich blieb die Mündung der Gasse leer.

„Du brauchst dich nicht umschauen. Ich habe dafür gesorgt, dass uns niemand stört", sagte der Mann und flexte seine Finger. Voller Unglauben sah ich, wie sich Feuer um seine Finger rankte wie zuvor bei Elias.

Ein Trick, ein Trick, sagte ich mir, aber es sah nicht nach einem Trick aus.

Ich spürte die Hitze, als seine Hand sich mir näherte.

Dann packte er zu.

Das Feuer breitete sich auf meinem Kleid aus. Ich sah die Flammen an mir heraufzüngeln und schlug darauf ein.

„Du weißt wirklich gar nichts", stellte der Mann verblüfft fest. „Gar nichts!"

Die Hitze versengte meine Haut, und ich roch den verbrannten Stoff meines Kleides. Geh aus, dachte ich verzweifelt, während ich auf die Flammen einhieb. Das Feuer hatte bereits die feinen Ärmel meines Kleides verbrannt, und ich zwang mich dazu, ruhig zu bleiben.

„Geh aus", sagte ich in meiner neuen Stimme, so gut es

mir gelang. Wärme und Energie durchströmten mich, und zu meiner Überraschung verschwanden die Flammen. Ich musterte meine Arme, aber obwohl ich nun in einem ärmellosen Kleid mit Brandlöchern dastand, war meine Haut unverletzt.

„Oh, ein bisschen kannst du also doch", sagte Elias‘ Bruder, während ich mich von meinem Schock erholte. „Schade, dass du nicht dazu kommen wirst, noch mehr zu lernen."

Blaue Funken zuckten über seine Hand, und er holte aus. Ich streckte abwehrend die Hände aus und legte meine ganze Kraft in den Stoß.

Eine Welle aus Luft traf auf den Mann und schleuderte ihn zurück. Er fing sich sofort und landete elegant auf den Füßen, als wäre ihm so etwas schon hundertmal passiert.

Entsetzt starrte ich meine Hände an. Hatte ich das eben gemacht?

Doch mir blieb keine Zeit zum Nachdenken. Der Mann holte wieder aus, und dieses Mal raste eine Wolke aus blauen Blitzen auf mich zu. Offenbar spielte er nicht länger. Die Blitze trafen mich in die Brust, und ich rang nach Luft, während ich nach hinten stolperte und fiel. Schmerzen breiteten sich bis in meine Arme aus.

Der Mann stand über mir, in der Hand mit einem Mal ein schwarzes Schwert. Blaue Blitze zuckten über die Klinge, die aus Obsidian zu bestehen schien und mit filigranen Schriftzeichen in einer fremden Sprache verziert war. „Es war mir eine Freude, Prinzessin", sagte er leise, und ich kniff die Augen zusammen. Ich hörte, wie die Klinge Luft durchschnitt.

Doch nichts passierte. Als ich die Augen öffnete, sah ich eine dunkle Gestalt, die sich von hinten über mich beugte. Elias. Er hatte seine Hand ausgestreckt und das Schwert abgefangen. Blut tropfte aus einer tiefen Wunde in seiner Handfläche.

„Was glaubst du, was du hier veranstaltest, Liyan? Ich hatte eindeutig befohlen, dass sie nicht angerührt wird", knurrte er und ließ das Schwert los.

Sein Bruder machte einen Schritt zurück, das Schwert noch immer in der Hand. „Ich begradige deine Fehler, lieber Bruder. Das mache ich hier."

Erst langsam wurde mir bewusst, dass die beiden in einer fremden Sprache sprachen, die ich nicht kannte und trotzdem verstand.

Verwirrt kämpfte ich mich auf die Füße, als ein tiefer Schwindel durch meinen Körper ging. Elias sah mich an, und auch Liyan beobachtete mich stumm.

„Verschwinde", hörte ich Elias noch zu seinem Bruder sagen, bevor es dunkel um mich wurde.

Kapitel 8

Elias trug mich in seinen Armen. Ich schmiegte mich, noch immer halb bewusstlos, an seine Brust und atmete seinen fremden und doch so vertrauten Duft ein. Wir schienen durch die Luft zu schweben. Wind zerzauste mir das Haar und als ich die Augen öffnete, sah ich die Sterne über Elias ernstem Gesicht.

Dann landeten wir sanft. Ich spürte, wie eine Tür geöffnet wurde, und Elias legte mich vorsichtig auf einer weichen Oberfläche ab.

Besorgt beugte er sich über mich. „Wie geht es dir?", fragte er, und sein Blick war nicht wie sonst kalt und arrogant, sondern warm und voller Mitgefühl.

„Was … was ist passiert?", fragte ich, nicht, weil ich mich nicht erinnerte, sondern weil ich nicht fassen konnte, was geschehen war.

„Du hast meinen Bruder getroffen", antwortete Elias. „Er hat dich angegriffen, und ich habe dich nicht finden können, bis du deine Kräfte eingesetzt hast."

Ich richtete mich auf, aber der Schwindel übermannte mich und ich sackte zurück aufs Sofa. Ich sah mich um. Wir mussten Elias' Suite über den Balkon betreten haben, zumindest blickte ich auf einen schwarzen Couchtisch, einen mit Samt bezogenen Sessel und eine

Küchennische, in der Elias gerade ein Glas mit Wasser füllte.

„Hier", sagte er und stellte es neben mir ab. „Trink etwas, dann wirst du dich besser fühlen."

„Keine Schokolade?", fragte ich und zog die Augenbrauen hoch, aber der Witz schien an ihm vorbeizugehen.

Während ich trank, setzte er sich neben mich aufs Sofa und musterte mich. „Du hast sicher hundert Fragen", sagte er, gerade, als ich meine erste stellen wollte. „Aber ich bin nicht der Richtige, um sie zu beantworten."

Er knetete seine Hände. „Das müssen deine Freunde schon übernehmen." Er sprach ‚Freunde' wie ein Schimpfwort aus.

„Warum hat dein Bruder mich angegriffen?", fragte ich trotzdem.

Elias legte den Kopf in den Nacken und stöhnte auf. „Weil er dich töten wollte", sagte er, ohne etwas zu erklären.

„Aber warum? Ich habe ihm nichts getan, ich habe ihn noch nie in meinem Leben gesehen."

Elias schüttelte den Kopf. „Ich kann es dir jetzt nicht erklären. Wie gesagt, das sind deine Freunde dir schuldig."

Ich erinnerte mich an sein Gespräch mit Patricia im Garten. „Meinst du Patricia?"

Er sah mich aus den Augenwinkeln an. „Ja. Und die andere."

Kaltes Entsetzen durchfuhr mich, als ich begriff, wen

95

er meinte. „Jassy?"

Er nickte, ohne den Blick von mir abzuwenden.

Ich starrte auf meine Hände. Ich konnte mir nicht vorstellen, was Jassy mit all dem zu tun haben sollte, aber es schockierte mich, dass es Geheimnisse zwischen uns geben sollte.

Elias zögerte, dann rutschte er etwas näher. Wieder konnte ich seinen Duft wahrnehmen, und am liebsten hätte ich die Augen geschlossen und mich nur darauf konzentriert. Zu viele Fragen schwirrten mir durch den Kopf, und es war klar, dass ich von Elias keine Antworten bekommen würde. Wieder verfluchte ich mich, dass ich mein Ladekabel in London vergessen hatte.

Ich versuchte es trotzdem noch einmal. „Was sind Aydin und Karan?"

Er öffnete seine Hände und stellte damit eine Waage dar. „Zwei Seiten einer Medaille, wenn man so will. Wir sind Magier." „Magier? Wie Zaubertricks?"

Er schüttelte den Kopf. „Nein, wie echt Magie."

Ich blickte auf seine Handfläche, die im hereinscheinenden Licht weiß schimmerte. Nicht einmal eine Narbe war zu sehen. Ohne nachzudenken, nahm ich seine Hand in meine und untersuchte sie. „Aber ... du warst verletzt."

„Echte Magier können nicht verletzt werden, nur geschwächt", erklärte er, ohne die Hand wegzuziehen. „Sicher, wir können getötet werden, aber es ist nicht so einfach wie bei Menschen."

„Meintest du deswegen vorhin, dass ich leicht zu töten wäre?", fragte ich spitz, ohne seine Hand loszulassen.

Er sog die Luft durch die Zähne ein. „Also hast du uns tatsächlich gehört." Dann schüttelte er den Kopf. „Nein, das meinte ich nicht. Aber die Situation vorhin sollte dir gezeigt haben, dass du noch viel zu lernen hast, wenn du dich gegen diejenigen verteidigen willst, die dir Böses wollen."

Er erhob sich und wanderte in dem riesigen Zimmer auf und ab. „Aber das ist Patricias Verantwortung, nicht meine."

„Warum?", fragte ich. Ich wollte, dass er es mir erklärte, wollte seine Version der Geschichte hören, aber er schüttelte den Kopf. „Das Einzige, was du wissen musst, ist, dass du nicht alles glauben darfst, was sie dir erzählen werden."

Er kam auf mich zu und sah mir tief in die Augen. „Hörst du? Versprich es mir."

„Ich verspreche es", hörte ich mich selbst sagen.

Wir sahen einander in die Augen. Die Erinnerung an meinen Traum im Flugzeug wurde wieder wach, und ich sah, wie sein Blick weicher wurde.

„Es ist zu gefährlich für dich in dieser Welt", hörte ich ihn sanft sagen. „Und ich kann dich nicht beschützen. Du musst lernen, dich selbst zu verteidigen. Versprich mir auch das."

„Ich verspreche es", wiederholte ich. In diesem Augenblick hätte ich ihm alles versprochen.

Vorsichtig hob ich die Hand und legte sie an seine

Wange. Er sah mich erstaunt an, dann wurde sein Blick wieder weich und er schloss die Augen, um die Berührung zu genießen.

Als er sie wieder öffnete, waren unsere Gesichter direkt voreinander, und seine Lippen strichen über meine. Ein Feuer ging durch meinen Körper und endete in meinem Unterleib. Ich wollte ihn, wollte ihm so nahe sein, dass nichts uns trennen konnte.

Er kniete vor mir auf dem Boden, und ich zog ihn hoch aufs Sofa. Sein Körper schmiegte sich an mich, und ich spürte seine Wärme. Ich legte meinen Kopf an seine Schulter, sog seinen Geruch nach Holz und Meer ein und verlor mich in seiner Gegenwart. Seine Hände streichelten über meinen Rücken, meine Hüfte, und jede Berührung schickte weitere heiße Impulse durch meinen Körper.

Alles zwischen uns war zu viel. Ich knöpfte langsam sein Hemd auf, bevor er es ungeduldig über den Kopf zog. Mit den Fingerspitzen strich ich über seine glatte Brust, seinen Bauch bis zu seinem Nabel und ließ meine Hand dort verweilen. Er zog den Reißverschluss an meinem Kleid auf und ich befreite mich vom Stoff, der uns trennte, bis wir endlich Haut an Haut lagen. Ein wohliges Stöhnen entglitt mir, und er lächelte. Seine Lippen streiften über meinen Nacken, und ich presste mich an ihn. Er drückte mich auf den Rücken, beugte sich über mich und streichelte meine Hüfte, meine Beine, bis ich es kaum mehr ertrug. Ich wollte mehr von ihm, wollte ihn in mir spüren.

Er schien meine Gedanken zu erraten und seine Hand glitt tiefer. Ich schnappte nach Luft, als er begann, mich zu streicheln, während seine Lippen meine Haut liebkosten.

Meine Hände glitten ohne mein Zutun zu seiner Hose, nestelten an seinem Gürtel herum, doch meine Finger waren zu zittrig. Ohne seine Lippen von meinem Nacken zu lösen öffnete er den Gürtel, und dann war auch seine Hose verschwunden. Mit geschickten Fingern erlöste er mich von meinem BH, und seine Lippen wandten sich meinen Brüsten zu. Ich spürte ihn hart gegen mich drücken. Es war nicht genug, ich wollte mehr.

Ich zog meinen Slip aus und warf ihn in den Raum. Hungrig küsste ich Elias, streichelte ihn und zog ihn näher, bis ich ihn endlich in mir spürte. Wieder stöhnte ich auf, als er begann, sich in mir zu bewegen. Jede Bewegung rief Explosionen in mir hervor, und ich wollte, dass er nie wieder aufhörte. Noch immer fuhren seine Lippen über meinen Körper, küssten und liebkosten mich, und ich ging in einem Meer aus Wärme und seinem Duft unter.

Die Bewegungen wurden schneller, jede gefolgt von einem heißen Blitz, der mich durchschoss.

Wieder suchten seine Lippen meine, unsere Zungen trafen sich, und ich schlang meine Arme um ihn, bewegte mich in seinem Rhythmus. Wir verschmolzen. Unsere Hände verschränkten sich ineinander, und mein letztes, lautes Stöhnen vermischte sich mit seinem.

Er hielt mich, während mein Körper zuckte und ich

meine Hüfte hob, um noch das letzte bisschen Nähe zu erzwingen. Dann lagen wir da, Arm in Arm, und ich war erfüllt von seiner Gegenwart. Mit einer Hand streichelte er sanft über meinen Rücken, mit der anderen berührte er meine Wange.

„Was ist dein richtiger Name?", fragte ich, und er ließ mich los und richtete sich neben mir auf. Ich konnte nicht anders, als seinen perfekten Körper zu bestaunen, und wieder erwachte in mir der Wunsch, ihm nahe zu sein.

Interessiert betrachtete er mein Gesicht, als überlegte er, ob er es mir verraten sollte. Dann beugte er sich über mich, gab mir einen Kuss und sagte: „Eliyah."

Ich lachte auf. „Das klingt fast wie Elias. Ich bin ein bisschen enttäuscht."

Er zuckte mit den Schultern. „Natürlich habe ich mir einen Namen ausgesucht, der meinem echten ähnelt."

„Und was ist dein Nachname?", fragte ich, während meine Finger über seine Brust strichen, noch immer hungrig nach mehr.

„Ich habe keinen Nachnamen", sagte er erstaunt. „Kein Magier hat mehr als einen Namen. Ein Name reicht. Es ist schon gefährlich genug, weil man mit dem Wissen um einen Namen viel Schlechtes anstellen kann."Er überlegte, dann fragte er: „Kennst du deinen richtigen Namen?"

Ich schüttelte den Kopf, dann überlegte ich. „Ich meine, ich kenne nur diesen einen Namen. Elisabeth Davis. Oder eben Lizzy. Das ist alles."

„Keine Sorge", sagte er, und sein Blick wanderte über meinen Körper. Ich spürte es fast wie eine Berührung. „Du wirst ihn schon herausfinden."

„Ich weiß nicht, ob ich das will", sagte ich. „Ich kenne mich nur unter diesem einen Namen, und er … ist eben meiner."Er nickte und beugte sich wieder über mich. Seine braunen Augen sahen mich ernst an. „Versprich mir, dass du niemandem, und ich meine wirklich niemandem, meinen Namen verrätst."

„Ich verspreche es", sagte ich, und es fühlte sich beinahe so an, als legte sich ein Knoten um die Erinnerung an seinen Namen.

„Sehr gut", sagte er und ließ sich wieder neben mich sinken. Eine Weile starrte er an die Decke, als dächte er über etwas nach, dann drehte er sich zu mir um. „Du musst jetzt gehen", sagte er ernst.

Ich sah ihn verständnislos an. „Warum?"

Er schüttelte nur den Kopf. „Jetzt", sagte er mit Nachdruck, und es klang wie ein Befehl.

Verwirrt und verärgert runzelte ich die Stirn. „Du kannst mich jetzt doch nicht einfach rauswerfen!"

„Du verstehst nicht", sagte er eindringlich. „Geh."

Er ließ mir keine andere Wahl. Ich sprang vom Sofa und zog mich an, nur noch beseelt von dem Wunsch, diesen Raum zu verlassen. Er beobachtete mich, aber machte keine Anstalten, mich aufzuhalten.

Ich hatte die Türklinke schon in der Hand, als er doch noch aufstand und auf mich zuging. Halb wollte ich in seine Arme fallen, halb vor ihm wegrennen. Er sah mich sanft an, und nur noch der Wunsch blieb, ihm näher zu sein.

„Lizzy", sagte er, und ich näherte meine Lippen den seinen.

Doch er drehte den Kopf weg und sagte sanft: „Gute Nacht."

Ich machte einen Schritt zurück, ungläubig über das, was ich gerade gehört hatte. Dann packte ich meine Handtasche, und ohne ihn noch einmal anzusehen, riss ich die Tür auf und stürmte hinaus. Ich wusste, dass er mir hinterherschaute, aber ich drehte mich nicht um.

Kapitel 9

Zurück in meinem Zimmer ließ ich mich aufs Bett fallen und presste die Handballen auf meine Augen. Tausend Gedanken schwirrten mir durch den Kopf. Meine Sinne waren immer noch erfüllt von der Nähe zu Elias – Eliyah, korrigierte ich mich. Aber die Realität war, dass ich in meinem eigenen Bett schlafen würde. Allein.

Verzweifelt versuchte ich, mein Handy noch einmal anzuschalten, um Jassy anzurufen, aber es blieb tot. Wütend warf ich es ins Kissen.

Ein leichter verbrannter Geruch stieg mir in die Nase, und mir wurde bewusst, dass es mein angesengtes Kleid war, das so stank. Also schälte ich mich aus den Überresten meiner Abendgarderobe und pfefferte das Stück Stoff in den viel zu kleinen Mülleimer unter meinem Schreibtisch.

In der Dusche schrubbte ich mir jedes bisschen von Eliyah von der Haut, auch wenn ich es nur halb wollte. Ein anderer Teil in mir wollte an der Erinnerung festhalten, wie schön es gewesen war, mit ihm zusammen zu sein, doch Wut und Enttäuschung gewannen die Überhand.

Ich war gerade dabei, meine Haare zu trocknen, als ich es an der Tür klopfen hörte. Sofort schlug mein Herz schneller. Vielleicht war Eliyah zurückgekommen, um sich bei mir zu entschuldigen?

Ich riss die Tür auf und konnte meine Enttäuschung nicht verbergen, als Patricia vor mir stand. Sie sah an mir herunter und mir wurde peinlich bewusst, dass ich meinen Häschenpyjama vor meiner ehemaligen Chefin trug.Mit roten Wangen sagte ich: „Hallo, Patricia, was gibt's?"

Das war sicherlich keine Art, seine ehemalige Chefin und eine Seniorpartnerin von Jordans, Pfeiffer & Smith zu begrüßen, aber es war mir in diesem Augenblick egal.

„Geht es dir gut? Ist alles in Ordnung?", fragte sie, beantwortete ihre Frage dann aber mit einem Blick selbst und seufzte erleichtert. „Du bist unverletzt. Sehr gut."

Verwirrt blickte ich zurück. Sie trug noch immer das rote Kleid von der Abendgala, und ich fragte mich, wie sie so perfekt aussehen konnte.

„Ich glaube, ich schulde dir eine Erklärung", sagte sie dann, und ich konnte nicht anders als zu nicken.

„Du hast unser Gespräch im Garten belauscht. Als ich mich mit … Elias unterhalten habe", stellte sie fest, und wieder nickte ich.

Sie zeigte auf mein Zimmer. „Ich glaube, es ist besser, wenn ich reinkomme."

Ich öffnete die Tür weiter, noch immer nicht im Klaren darüber, was sie eigentlich von mir wollte. Gemeinsam gingen wir in mein Zimmer, und ich ließ mich auf dem Bett nieder, während sie sich in den Sessel vor dem Schreibtisch setzte. Dann zog sie ihr Handy aus der

Tasche und las eine Nachricht.

„Ich glaube, es ist besser, wenn wir auf Jassy warten", sagte sie dann.

„Jassy?" Ich zog meine Augenbrauen hoch. „Jassy ist hier? In Boston?"

Patricia nickte, aber lieferte keine weitere Erklärung.

Ich zog die Beine an und legte meinen Kopf auf meinen Knien ab. In Gedanken ging ich noch einmal das Gespräch durch, das ich zwischen Eliyah und Patricia belauscht hatte, und rief mir ins Gedächtnis, was Eliyah mir über Magier erklärt hatte. Magier. In dem Augenblick, in dem er es gesagt hatte, hatte es alles Sinn ergeben, und meine Aufmerksamkeit war auch auf andere Dinge gerichtet. Jetzt erschien es wieder wie ein vollkommen sinnloser Traum, und ich erwartete, jeden Moment aufzuwachen. Aber hatte ich auch den Angriff in der Gasse geträumt? Ich selbst hatte dabei etwas beschworen, von dem ich nicht wusste, dass es in mir steckte.

„Ich bin angegriffen worden", sagte ich sachlich, und zu meiner Überraschung nickte Patricia. „Das verwundert mich nicht, und es tut mir leid, dass ich nicht zur Stelle war, um dir zu helfen. Ich hätte da sein müssen. Es ist meine Aufgabe."Ihr dunklen Augen musterten mich langsam, aber es lag Ehrlichkeit darin.

„Warum?", fragte ich zum gefühlt hundertsten Mal an diesem Abend, aber sie schüttelte nur den Kopf. „Jassy ist gleich da. Dann erkläre ich dir alles."

„Ich finde, du könntest es mir auch jetzt erklären", gab

ich hitzig zurück. „Schon den ganzen Abend werde ich mit Halbsätzen abgespeist."

Ihr Ausdruck zeigte mir deutlich, dass ich zu viel gesagt hatte.

„Von wem?", fragte sie langsam.

„Von Elias, vor allem."

Sie riss die Augen auf. „Was hat er dir erzählt?"

„Nichts, das ist ja das Problem. Er hat mich gerettet und dann nur irgendetwas über Magier geschwafelt."

„Er hat dich gerettet?", fragte Patricia halb entsetzt, halb ungläubig. „Warum?"

„Das ist ja genau meine Frage!", gab ich unwirsch zurück. „Aber niemand erklärt mir etwas. Das alles ergibt keinen Sinn, und ich meine nicht nur diese ganze Geschichte über Magier."

Patricia setzte an, um etwas zu erwidern, doch unser Gespräch wurde durch ein Klopfen an der Tür unterbrochen.

Ich sprang auf, wieder halb in der Hoffnung, dass es Eliyah war, doch zu meiner Freude und Überraschung war es Jassy, die vor der Tür stand. Sie fiel mir um den Hals. „Es geht dir gut, ich bin so erleichtert!", flüsterte sie mir ins Ohr.

„Jassy! Wie … was machst du hier?", fragte ich dümmlich, obwohl Patricia mir bereits angekündigt hatte, dass sie kommen würde.

„Dein Telefon war aus, deswegen musste ich herkommen. Ich habe mir solche Sorgen gemacht", sagte sie, während sie sich an mir vorbei ins Zimmer drängte.

Dann stand sie vor Patricia, und die beiden begrüßten sich mit einem Handschlag, als wären sie alte Militärfreunde.

„Woher … wieso kennt ihr euch?", fragte ich und blickte von einer zur anderen. „Setz dich lieber", wies Jassy mich an. „Das kann etwas länger dauern."

„Bekomme ich jetzt endlich die Erklärung für alles, was passiert ist?", fragte ich und ließ mich wieder auf dem Bett nieder. Jassy sah zu Patricia, als würde sie um Erlaubnis bitten. Patricia nickte knapp, und Jassy wandte sich wieder mir zu.

„Alles, was ich dir jetzt erzähle, wird neu für dich sein, aber ich hoffe, du findest die Bestätigung in dir, dass es wahr ist."Jassy holte tief Luft. „Es gibt Magier auf dieser Welt, echte Magier, die echte Magie benutzen."Ich nickte. So weit war ich auch schon gekommen, auch wenn ich mir nicht sicher war, ob ich es glauben sollte. „Wie in Harry Potter?", fragte ich, und Jassy lachte auf. „Nein, die Figuren in Harry Potter sind Zauberer. Sie wedeln mit Zauberstäben herum und benutzen Sprüche. Angeblich hat es früher auch Zauberer gegeben, die sich einen Teil der Magie der Magier angeeignet haben, aber vielleicht sind das auch nur Gerüchte. In jedem Fall waren sie Menschen. Magier dagegen sind keine Menschen, sie sind …" Sie zuckte mit den Schultern. „Magische Wesen. Sie haben Körper, die wie Menschen aussehen, aber ihre Gestalt ist selbst gewählt."

„Sehen deswegen alle um mich herum so wahnsinnig gut aus?"Nun musste Patricia lachen und zuckte dann mit den Schultern. Sie strich an sich entlang. „Warum sollte ich eine andere Form wählen als eine, die attraktiv und schön ist? Wenn ich aussehen kann, wie ich will? Es ist so viel einfacher, mit Menschen zu interagieren, wenn man gut aussieht."

Das erklärte also auch Eliyahs attraktives Äußeres. Ich knirsche mit den Zähnen. Irgendwie fühlte ich mich noch benutzter als vorher.

„Erzähl mir mehr über die Magier", bat ich, und Jassy nickte.

„Es gibt zwei Arten von Magiern. Auf der einen Seite gibt es die Aydin, die Lichtmagier, wie Patricia und mich."

Ungläubig blickte ich von einer zur anderen. Als wollte sie es bestätigen, streckte Patricia die Hand aus und ein warmes, glühendes Licht erschien, das dennoch nicht blendete. Ich starrte es an und spürte, wie mich Geborgenheit und Ruhe durchfluteten.

„Lichtmagier können heilen, sie können Dinge aus dem Nichts erschaffen und so das Glück in der Welt mehren. Sie setzen ihre Magie dafür ein, Gutes zu tun. Natürlich können sie auch kämpfen, aber sie benutzen dafür Licht und eine Kraft, die Gutes in die Welt bringt", erklärte Jassy.

„Und dann gibt es vermutlich noch dunkle Magier", verstand ich. So viel hatte ich aus den Märchenbüchern meiner Kindheit schon gelernt.

Die beiden nickten. „Genau. Die Karan. Du hast heute schon welche getroffen.""Elias' Bruder", sagte ich reflexhaft, und die beiden sahen mich erwartungsvoll an. Eine eisige Kälte sackte in meinen Magen. „Und … Elias selbst."

„Ja", antwortete Patricia, und an ihrem Gesichtsausdruck konnte ich ablesen, dass sie niemals erfahren durfte, was noch vor einer Stunde zwischen Eliyah und mir passiert war.

„Und diese dunklen Magier …", begann ich.

Jassy vollendete meinen Satz: „Sie setzen dunkle Magie ein, Magie, die zerstört, nicht aufbaut, die verletzt, nicht heilt. Magie, die sogar töten kann."

Ich brauchte einen Augenblick, um das zu verdauen. „Und ich?", fragte ich schließlich.

„Du bist ebenfalls eine Aydin, aber nicht irgendeine", sagte Patricia ernst. „Was meinst du damit, dass ich nicht irgendeine Aydin bin?", fragte ich tonlos. Eine gewisse Ahnung stieg in mir auf, aber ich wollte, dass sie es aussprach.

„Du bist die Prinzessin der Aydin, auserwählt, um die Aydin in den Kampf gegen die Karan zu führen", sagte Jassy.

„Das heißt, meine Mutter ist eine Königin?", fragte ich und dachte an unser bescheidenes Haus in Cornwall, an das wenige Geld, das wir gehabt hatten, an die vielen Male Spaghetti mit Tomatensoße zum Monatsende.

Doch Patricia schüttelte den Kopf. „Nein, so funktioniert es nicht in der Welt der Aydin. Wann immer der letzte Herrscher im Kampf stirbt oder sich dazu entscheidet, die Welt zu verlassen, wird ein neuer König oder eine neue Königin von der Magie dazu auserkoren, diese Rolle einzunehmen."

Sie setzte sich zu mir aufs Bett, die schlanken Unterarme auf die Knie gestützt. „Der letzte König ist im Kampf gegen die Aydin gefallen, ein Krieg, der beide Seiten stark geschwächt hat, denn auch der König der Karan ist getötet worden. Wir haben lange gebraucht, um herauszufinden, wo die Magie sich ihr Zuhause gesucht hat. Deine Mutter wusste natürlich von deiner Geburt an Bescheid, aber sie hat alles getan, damit niemand deine Magie erspüren und dich töten kann, bevor du gelernt hast, sie zu kontrollieren."

Ich schüttelte den Kopf. Das konnte nicht wahr sein. Meine Mutter hatte all die Jahre davon gewusst? Und mir nichts gesagt …?

„Wahrscheinlich hat sie deine Magie auch unterdrückt, damit sie den richtigen Zeitpunkt abwarten konnte – den Zeitpunkt, zu dem die Armee der Aydin wieder zu voller Stärke zurückgekehrt war."

„Meine Mutter … hat meine Magie unterdrückt?", fragte ich langsam. Ich dachte an meine Mutter, eine zeitlos schöne Frau, und zum ersten Mal wurde mir bewusst, dass sie seit meiner Kindheit kaum gealtert war. Sie hatte mich jung bekommen, mein Vater war verschwunden, aber sie sah immer noch so aus, als wäre sie um die dreißig, nicht Anfang vierzig. Es hatte mich nie gewundert, auch wenn viele Leute Kommentare zu meinen guten Genen gemacht hatten, wenn sie meine Mutter trafen. Wie ich hatte sie blondes Haar, in dem nie eine graue Strähne aufgetaucht war, und ihre Augen stachen ebenso grün aus ihrem blassen Gesicht hervor wie meine.

„Um dich zu schützen, ja", sagte Patricia und nickte. „Karan, und auch Aydin, können Magie spüren. Das heißt, wann immer sie eingesetzt wird, ist es wie ein Leuchtsignal für uns. So hat dich heute auch Elias finden können – vor mir. Ich muss mich für mein Versagen entschuldigen."„Was ist passiert?", fragte Jassy neugierig. „Habe ich das richtig verstanden? Elias hat sie gefunden, als sie angegriffen wurde? Und sie lebt noch?"

Verblüfft musterte sie mich, als wollte sie kontrollieren, ob tatsächlich noch immer alle Gliedmaßen an mir dran waren.

„Elias hat mich gerettet", sagte ich. „Nach dem, was ihr mir erklärt habt, verstehe ich nicht, wieso. Sollte er mich nicht eigentlich … töten wollen?"

Die Zeit mit ihm in seiner Suite erwähnte ich natürlich nicht, und ich gab mir alle Mühe, nicht daran zu denken. Nur für den Fall, dass die beiden auch noch in meinen Kopf schauen konnten.

„Das verstehe ich auch nicht", gab Patricia zu. „Er hat heute sogar noch davon geredet, wie leicht du zu töten wärst … Aber wir sollten nicht zu viele Gedanken daran verschwenden. Wer weiß, was in dem Kopf eines Karan vor sich geht." Sie spuckte das Wort ‚Karan' förmlich aus. Dann sah sie mich mitleidig an. „Ich denke, wir belassen es erst einmal dabei. Morgen früh können wir dir den Rest erzählen, aber ich glaube, du musste das alles erst einmal verarbeiten."

„Ich bleibe hier bei ihr", bot Jassy an, aber richtete sich dabei an Patricia, nicht an mich.

„Gut", sagte Patricia und nickte. Dann verbeugte sie sich vor mir. „Meine Prinzessin", sagte sie, und es klang, als ob sie es meinte, auch wenn ich es nicht ernst nehmen konnte.

Ich nickte ihr zu, weil ich nicht wusste, wie ich darauf reagieren sollte, plötzlich als Prinzessin angesprochen zu werden.

„Warum bin ich eigentlich eine Prinzessin, wenn in mir die Magie des letzten Königs der Aydin … schlummert? Sollte ich nicht eigentlich eine Königin sein?", fragte ich Jassy, nachdem Patricia verschwunden war.

Wir saßen immer noch auf dem Bett, jede eine Flasche Wasser vom Hotel in den Händen. Ich drehte nervös am Schraubverschluss herum und fühlte mich kaum in der Lage, zu trinken.

Sie lächelte leicht. „Du bist die Prinzessin, weil du deinen rechtmäßigen Platz noch nicht eingenommen hast. Aber keine Sorge, wir werden uns in der nächsten Zeit intensiv um dein Training kümmern, und wenn wir mit dir fertig sind, bist du einer Königin würdig."

Ich konnte nicht anders, als müde zu lachen. All das machte mich fertig, und ich wünschte mir einen stillen Raum, in dem ich mich einschließen und in Ruhe nachdenken konnte.

Ich sah zu Jassy, und am liebsten hätte ich mich an sie gekuschelt, aber ich wusste nicht länger, wer sie war.

Stand da noch immer meine beste Freundin, oder war das alles vorgespielt gewesen, weil ich ihre Prinzessin war?„Was jetzt?", fragte ich tonlos und ließ mich auf das Bett sinken. Mit einem Mal fühlte ich mich leer und müde, und gleichzeitig vollkommen überfordert von dem, was passiert war.

Ich drehte mich auf die Seite, stützte den Kopf auf die Hand und sah Jassy an.

Sie zwang sich zu einem Lächeln. „Du hast mir von deinen Träumen erzählt", sagte sie. „Sind sie … intensiver geworden, nachdem du Elias Jordans getroffen hast?"

Ich zögerte. Dann beschloss ich, zumindest mit einem Teil der Wahrheit herauszurücken und nickte.

„Die große Frage ist, ob er weiß, wer du bist."

„Ich denke, schon", antwortete ich zögerlich. „Er hat sich mit Patricia über mich unterhalten. Aber ich weiß nicht einmal, ob ich es selbst glauben soll."

„Das mit den Träumen bereitet mir Sorgen", gab Jassy zu und trank einen Schluck Wasser. „Ich glaube, er versucht dich zu kontrollieren. Vielleicht hofft er, dass er dich ausnutzen kann, wenn er dich auf seine Seite zieht." Sie klang selbst nicht überzeugt. „Aber Aydin können nicht zu Karan werden, und Karan nicht zu Aydin. Selbst wenn du dich ihm anschließen würdest, wärst du ihm keine große Hilfe."

„Na, das ist ja beruhigend", sagte ich trocken.

„Es ergibt keinen Sinn." Jassy seufzte und ließ sich neben mich sinken.

„Da stimme ich dir ganz und gar zu. Für mich ergibt das alles keinen Sinn. Aydin, Karan … Magier, der Kampf von Gut gegen Böse. Ich dachte, das gibt es nur im Film."Ich verschränkte die Hände hinter dem Kopf und starrte an die Decke. Irgendwo über mir lief Eliyah nun in seiner Suite auf und ab, oder er saß auf dem Sofa und checkte seine E-Mails, vollkommen gleichgültig über das, was passiert war. Ein Dunkelmagier, der E-Mails las. „Warum ist ein Karan ein Anwalt? Bei den Aydin kann ich es noch verstehen, schließlich geht es um Gerechtigkeit. Deswegen habe ich ja auch mit dem Studium angefangen. Aber ein Karan?"

Jassy zuckte mit den Schultern. „Es gibt auch die dunklen Seiten des Berufs. Zu verhindern, dass Verbrecher hinter Schloss und Riegel kommen, Geld, Ansehen …"Ich schnaubte. „Ja, davon hat er sicherlich mehr als genug."

Jassy hob eine Augenbraue, ging allerdings nicht darauf ein. „Was mir Sorgen bereitet, ist die Tatsache, dass er in deinen Träumen aufgetaucht ist. Das ist kein Zufall und liegt sicherlich nicht daran, dass du ihn schon einmal irgendwo gesehen hast. Karan, und auch Aydin, sind gut darin, nicht allzu sehr aufzufallen, wenn sie nicht wollen. Im Augenblick sind die beiden Armeen noch zu schwach, um groß Aufmerksamkeit auf sich zu ziehen. Er will irgendetwas von dir, will dich beeinflussen, aber ich verstehe nicht, warum. Um uns zu schwächen? Schließlich weiß er, dass wir auf die Magie des Königs oder der Königin angewiesen sind, um wieder in den Kampf zu ziehen."„Warum?", fragte ich, wieder einmal.

„Der König oder die Königin allein hat die Macht, die Aydin zusammenzurufen und zu vereinen. Wie ich bereits sagte, ist Magie wie ein Leuchtsignal für uns, aber das Zeichen normaler Magier scheint nicht weit genug. Nach dem letzten Kampf sind die Aydin in alle Welt verstreut worden, und selbst wenn wir uns wieder sammeln würden …" Sie seufzte. „Nur die Königin hat die Macht, den Karan gegenüberzutreten."

„Besonders machtvoll fühle ich mich nicht", murmelte ich und dachte halb enttäuscht, halb hoffnungsvoll, dass sie sich vielleicht geirrt hatten und ich nur eine ganz normale Magierin war.

Ganz normale Magierin. Ich musste plötzlich lachen.

Jassy sah mich verwirrt an. Also konnte sie immerhin nicht meine Gedanken lesen.„Keine Sorge, noch schlummert die Magie tief in dir drin. Die Schutzzauber, die deine Mutter gewebt hat, haben zwar nachgelassen, seit du ausgezogen bist. Aber ich habe ebenfalls mein Bestes getan, damit die Magie nicht zu früh herausbricht, wenn du noch zu schwach bist, dich zu verteidigen." Sie sah zu Boden. „Aber trotzdem haben sie es irgendwie geschafft, dich zu finden."

„Meinst du den Mann, der mich in London angegriffen hat?" Plötzlich ergab alles Sinn. „Also hat er wirklich versucht, mich mit Magie zu erwürgen!"

„Er hat versucht, dich zu schwächen, weil er dich für stärker gehalten hat. Ich bin gerade noch rechtzeitig gekommen. Man kann den Körper eines Magiers nicht töten, man muss seine … Essenz umbringen. Das geht nur mit speziellen magischen Schwertern. Aber die meisten davon sind im letzten Kampf zwischen Aydin und Karan zerstört worden."Ich erinnerte mich an die Obsidianklinge, mit der Eliyahs Bruder versucht hatte, mich zu erstechen. „Ich glaube, der Karan, der mich heute angegriffen hat, hatte so ein Schwert."

Jassy zog beide Augenbrauen hoch. „Wirklich? Das heißt, dass er entweder einer der wenigen Überlebenden des letzten Krieges ist, oder, dass er irgendwie anders in den Besitz eines solchen Schwertes gekommen ist." Sie zuckte mit den Schultern. „Wir werden es heute Abend nicht mehr herausfinden."

„Wie soll der Kampf eigentlich jemals enden, wenn man Magier nicht töten kann, und ihre Magie sich einfach einen neuen Körper sucht?", fragte ich. „Du meintest doch, der alte König sei im Krieg gefallen, und dann … ist seine Macht zu mir gekommen.""Du bist um die Macht herum entstanden", korrigierte mich Jassy.

„Heißt das, meine Mutter ist nicht meine Mutter?", fragte ich entsetzt. „Und ich habe einfach keinen Vater, sondern bin als Baby bei meiner Mutter aufgetaucht?"

Jassy lachte auf. „Nein, nein, wir haben schon Körper, auch wenn sie anders sind, und Babys werden genauso gemacht wie bei Menschen. Du hast einen Vater und eine echte Mutter. Die Farbe der Magie wird durch die Eltern weitergegeben, aber die Stärke ist … zufällig. Und es kann immer nur einen König oder eine Königin geben, und der oder die Stärkste wird der König. Manchmal taucht ein neuer König auf, kurz nachdem der alte gestorben ist. Manchmal, wie bei dir, kann es Jahrzehnte dauern. Es ist also nicht die Magie des alten Königs, die auf dich übergegangen ist, sondern die Stärke deiner Magie hat dich zur Prinzessin gemacht."

Mir schwirrte der Kopf von all den Erklärungen, und ich spürte, wie mir die Augen langsam zufielen. „Aber wie", fragte ich mit einem Gähnen, „wird die Magie dann vernichtet, wenn sie unendlich ist?","Es ist schon möglich, Magie und Magier zu zerstören. Deswegen sind wir ja in diesem … schlechten Zustand, in dem wir jetzt sind. Aber im Endeffekt muss eine Seite die andere komplett vernichten, um zu verhindern, dass sie je wieder erstarkt." Sie zögerte. „Es wird sich auch erst noch zeigen müssen, ob deine Magie mit der des alten Königs vergleichbar ist." Jassy drehte sich auf die Seite und strich mir über den Kopf. Ich ließ es geschehen. „Aber darüber können wir uns später Gedanken machen."

Eine letzte Frage kam mir in den Sinn, und ich musste sie stellen, auch wenn ich Angst davor hatte, was sie implizierte. „Ist Jassy dein richtiger Name?"

Verblüfft sah sie mich an. „Wieso kommst du auf den Gedanken, dass ich einen anderen Namen haben könnte?", wich sie meiner Frage aus. Natürlich konnte ich ihr nicht von meinem Gespräch mit Elias erzählen, also entschied ich mich für eine Halbwahrheit. „Ich finde einfach, Jassy klingt nicht wie ein Name für eine

Magierin. Auch Jasmin nicht. Außerdem hat Patricia in dem Gespräch mit Elias erwähnt, dass das nicht sein richtiger Name ist. Also habe ich mich gefragt, ob du einen anderen, richtigen Namen hast."Sie zögerte, dann sagte sie: „Ja, das habe ich. Aber ich kann ihn dir nicht mitteilen. Noch nicht. Die Macht, die jemand über mich erlangen könnte, wenn er meinen Namen wüsste, wäre zu groß. Und du hast noch keine Abwehrkräfte."

Ich öffnete den Mund, um einzuwenden, dass mir Eliyah seinen Namen verraten hatte, doch dann schloss ich ihn wieder. Ich hatte es ihm versprochen, auch wenn er sich danach wie ein Mistkerl aufgeführt hatte. Und ich war mir nicht einmal sicher, ob Eliyah wirklich sein richtiger Name war – warum sollte er ihn ausgerechnet mir verraten? Bestimmt hatte er mich angelogen. Ich beschloss, ihn in Gedanken wieder Elias zu nennen.

„Es ist Schlafenszeit", sagte Jassy und strich mir noch einmal über den Kopf. Ich merkte, wie ich müde wurde, und fragte mich, ob sie gerade ihre Magie wirkte. Eine sanfte, wohlige Ruhe überkam mich, und Sekunden später war ich eingeschlafen.

Kapitel 10

Als ich aufwachte, empfand ich noch die Geborgenheit und Liebe meines Traums, ohne mich genau an ihn erinnern zu können. Umso kälter kam mir die Realität vor.

„Hast du gut geschlafen?", fragte Jassy, die auf dem Stuhl vor dem Schreibtisch saß und etwas in ihr Handy tippte.

Ich nickte und behielt meine Vermutung, dass ihre Magie etwas damit zu tun hatte, für mich.

Magie. Nachdem ich in der Nacht zuvor so viele Demonstrationen von echter Magie erhalten hatte, konnte ich es kaum mehr als ein Hirngespinst abtun. Auch Jassys Anwesenheit hier in Boston konnte nur bedeuten, dass alles gestern wirklich passiert war. Auch mein kurzes … Zusammentreffen mit Elias.

Ich horchte in mich hinein, spürte aber keine Scham über das, was vorgefallen war. Trotzdem fragte ich mich, wie ich ihm gegenübertreten sollte, wenn ich ihn wiedersah. Falls ich ihn wiedersah.

„Was wird jetzt passieren?", fragte ich Jassy, doch sie schüttelte nur den Kopf.

„Lass uns auf Patricia warten. Sie wird dir sagen, was wir planen."

„Ist Patricia so eine Art Generalin, oder was?", fragte ich und gähnte. Ein paar mehr Stunden Schlaf hätten mir gutgetan, und ich spürte, wie der Jetlag mit mir aufholte.

Zu meiner Überraschung nickte Jassy. „Patricia ist eines der ranghöchsten Mitglieder des Militärs, oder was davon noch übrig ist. Wenn man es Militär nennen möchte, denn natürlich haben wir keine Soldaten. Wir sind nur Krieger, die zusammen für ein großes Ziel kämpfen."

„Die Vernichtung der Karan", sagte ich gequält und musste unwillkürlich wieder an Elias denken. Was, wenn ich ihm eines Tages auf dem Schlachtfeld begegnen würde? Könnte ich ihn töten? Würde er versuchen, mich zu töten? Ich konnte es mir nach der letzten Nacht kaum vorstellen, doch dann dachte ich wieder an seine kalte Reaktion, mit der er mich aus seiner Suite geworfen hatte, und die Wut kochte in mir hoch.

„Vernichtung ist so ein schreckliches Wort", kommentierte Jassy. „Aber ich befürchte, die menschliche Sprache hat kein anderes Wort, das passen würde. Aber ja, es geht darum, die Welt von ihnen zu befreien."

„Haben die Magier eine eigene Sprache?", wollte ich wissen. Ich erinnerte mich an die merkwürdigen Sätze, die Elias mit seinem Bruder gewechselt hatte, und daran, dass ich alles verstanden hatte, obwohl ich die Sprache nicht kannte.

Jassy nickte. „Es ist nicht eine Sprache im

herkömmlichen Sinn mit Grammatik und Vokabeln, die man auswendig lernen müsste. Es ist mehr ein gemeinsames Verständnis von dem, was wir sagen." Sie zuckte mit den Schultern. „Tut mir leid, ich kann es nicht besser erklären."Ich winkte ab. Die Merkwürdigkeiten der Sprache der Magier waren gerade mein geringstes Problem.

Es klopfte an der Tür, und Jassy öffnete Patricia. Ich hatte erwartet, an ihr irgendwelche Spuren der letzten Nacht zu erkennen, doch sie wirkte so wach und aufmerksam wie immer.

Natürlich. Warum sollte sie müde und abgekämpft aussehen, wenn sie auch einen frischen Teint an einem frischen Körper auflegen konnte? Ich musste wirklich bald diese Magie lernen, denn im Spiegel hinter Jassy konnte ich sogar auf die Entfernung meine Augenringe erkennen.

„Wir haben eben darüber gesprochen, wie es jetzt weitergeht", informierte Jassy Patricia. „Die wichtigste Frage zuerst: Wird Lizzy weiterhin in der Kanzlei arbeiten, oder werden wir sie an einen anderen Ort bringen, wo sie besser beschützt ist?"

Patricia zögerte, dann sagte sie: „Ich glaube, es ist besser, wenn wir erst einmal den Schein wahren. Wir wollen nicht zu viel Aufmerksamkeit auf sie ziehen.",,Aber Elias Jordans ist ein Karan, und er weiß, dass sie die Prinzessin ist", wandte Jassy ein.

Patricia schüttelte den Kopf. „Da wäre ich mir nicht so sicher. Vielleicht vermutet er es, aber wissen kann er es eigentlich nicht. Woher? Ich glaube, er hat nur ins Blaue geraten, um eine Reaktion von mir zu bekommen, die

ihm verrät, ob es sich bei Lizzy um die Prinzessin handelt."

„Wie soll er denn darauf gekommen sein? Ich bin nur eine Praktikantin in einer Anwaltskanzlei, und ich habe wirklich bisher nicht mit magischen Meisterleistungen geglänzt", wandte ich ein.

„Ich befürchte, die Geschichte in dem Restaurant hat ihn auf dich aufmerksam gemacht", antwortete Patricia. „Ein wenig ist es auch meine Schuld. Jordans, Pfeiffer & Smith nimmt eigentlich keine Praktikanten für ein halbes Jahr auf, und in den Unterlagen ist auch nachzulesen, dass du – entschuldige meine Direktheit – keinerlei besonderen Fähigkeiten in dem Bereich hast, die dich als Ausnahme qualifizieren würden."

„Vielen Dank", entgegnete ich trocken. „So schlecht sind meine Noten nun auch nicht." „Selbst wenn du die Beste in deinem Jahrgang wärst, wäre das noch immer nicht genug", versuchte Patricia mich zu beschwichtigen. „Aber wir hatten keine andere Möglichkeit, dich nach London zu holen, und es wäre noch auffälliger gewesen, wenn ich nach Exeter gekommen wäre. Immerhin hatten wir schon Jassy an deiner Seite, die mich auf dich aufmerksam gemacht hat, aber für deine Ausbildung bin ich zuständig."

Also stand Jassy im Rang tatsächlich weit unter Patricia. „Seid ihr beide ... also, habt ihr in dem letzten

Krieg der Magier gekämpft?", wollte ich wissen, und die beiden nickten. „Wie lange ist das her?" Ich fürchtete mich vor der Antwort auf diese Frage, denn es würde mir mehr über Jassy verraten, als ich vielleicht bereit war zu erfahren.

„Etwa fünfundsiebzig Jahre", sagte Patricia ernst. Ich rechnete. „Der … der zweite Weltkrieg?"Jassy nickte mit einem traurigen Lächeln. „Ja. Es wäre doch ein bisschen zu auffällig, wenn sich plötzlich zwei Fronten aus Magiern auf einer friedlichen Wiese unter blauem Himmel gegenüberstünden. Die Magier hatten auf allen Seiten die Finger im Spiel, bis es … nun ja, bis es zur vollkommenen Eskalation gekommen ist."

Ich schnappte nach Luft. „Das heißt, alles, was in den Geschichtsbüchern steht, ist nicht wahr?"

Jassy schüttelte den Kopf. „Sagen wir, in den Geschichtsbüchern fehlen ein paar Details."

Sie wandte sich an Patricia. „Also wird Lizzy vorerst bei Jordans, Pfeiffer & Smith bleiben?"Patricia nickte. „Ja. Wenn wir sie jetzt abziehen, weiß er, dass sie die Prinzessin ist."

Abziehen, das klang, als wäre ich eine Militäreinheit. Aber wahrscheinlich sprachen meine Freunde nun so, jetzt, wo sie sich als Kriegerinnen einer magischen Armee zu erkennen gegeben hatten.

Ich musste mir Mühe geben, bei dem Gedanken nicht loszulachen. Es klang alles noch immer zu absurd, um es ganz zu glauben.

Also würde ich Elias wiedersehen, durchfuhr es mich.

Ich wusste nicht, ob mich diese Erkenntnis mit Freude oder Angst erfüllte, aber zumindest eins stand fest: Ich würde ihn wiedersehen.

Um den Schein zu wahren, beschlossen Patricia und Jassy, mich trotz des hohen Risikos mit Elias zurückfliegen zu lassen.

„Er hat dich nicht getötet, als er es konnte, also gehe ich davon aus, dass er noch wartet. Auf was, kann ich nicht sagen. Aber wenn er dich jetzt tot wollte, hätte er das schon gestern erledigt", erklärte Patricia.

„Na, das ist ja beruhigend", erwiderte ich trocken.

Die Frage war, ob Elias mich überhaupt in seinem Privatjet mitnehmen würde, oder ob er bereits auf dem Weg zurück nach London war, aber Patricia beruhigte mich. „Ich bleibe so lange, bis du die USA sicher in Richtung London verlassen hast."„Wie kommt ihr eigentlich wieder zurück? Benutzt ihr ein Flugzeug oder teleportiert ihr euch einfach nach London?", fragte ich die beiden neugierig.

Beide lachte auf, als sie meine Frage hörten. „Nein, nein, wir benutzen eine normale Airline. Teleportation ist eine hohe Kunst, die kaum jemand beherrscht. Und es wäre ein Leuchtfeuerwerk, dass alle Karan Großbritanniens anziehen würde, sobald wir ankommen", erklärte Jassy mit einem amüsierten Lächeln.

„Ich weiß diese Dinge eben nicht", gab ich mürrisch zurück.

„Ja, du musst noch viel lernen", antwortete Patricia mit

einem Lächeln, und ich hatte das Gefühl, als würde ich diesen Satz in der Zukunft noch sehr oft zu hören bekommen.

Patricia begleitete mich in die Lobby, wo sie sich mit einem grimmigen Nicken von mir verabschiedete. Jassy war in meinem Hotelzimmer geblieben, das sie erst verlassen würde, wenn Elias und ich außer Sichtweite waren.

Nun saß ich in der Lobby, starrte auf mein Handy, das noch immer aus war, und wartete darauf, von Elias abgeholt zu werden wie die Beute eines Löwen vor dem Sprung. Elias und ich hatten nicht besprochen, was heute passieren würde, aber früher oder später musste er seine Suite verlassen – wenn er es nicht bevorzugte, vom Balkon aus über die Stadt zu fliegen. Unablässig fragte ich mich, was in ihm gerade vorgehen mochte. Ob für ihn die letzte Nacht nur eine von tausenden solcher Begegnungen gewesen war, die er bereits schon wieder vergessen hatte, oder ob irgendetwas davon Bedeutung für ihn hatte?

Ich behielt die Aufzüge zu den Suiten im Blick. Und tatsächlich, nur zehn Minuten, nachdem ich mich auf einen der samtbezogenen Sessel gesetzt hatte, öffneten sich die Türen des Aufzugs und Elias trat heraus. Ein heißer Blitz durchfuhr mich, als unsere Blicke sich trafen, und seine eine Augenbraue zuckte nach oben. Doch das war alles, was anzeigte, dass er mich erkannte.

„Elisabeth", sagte er förmlich, als er vor mir stand. „Wir müssen zu unserem Flieger."

Ich unterdrückte den Wunsch, ihn zu umarmen, oder etwas zu sagen, das ihn an letzte Nacht erinnern würde. „Gut", antwortete ich. „Gehen wir."

Unser Wagen wartete bereits draußen auf uns, und wir verbrachten die Fahrt zum Flughafen schweigend. Ich versuchte, mich auf die prachtvollen Bauten zu konzentrieren, die draußen an uns vorbeizogen, aber schaffte es nicht. Zu sehr war ich mir seiner Präsenz bewusst, und immer wieder überlegte ich mir, wie ich ein Gespräch beginnen konnte. Doch der gelangweilter Ausdruck, mit dem er auf seinem Handy herumtippte oder etwas las, brachten mich davon ab.

Wut kochte in mir auf. Verdammt, wie konnte er nur so kühl sein nach allem, was passiert war? Er hatte mich gerettet, und dann hatten wir miteinander geschlafen, aber er verhielt sich, als wäre nichts geschehen.

So schwiegen wir, er gelangweilt, ich verbissen, bis wir im Flugzeug saßen. Wieder hatte uns der Pilot an der Treppe begrüßt, und Elias hatte ihn höflich angelächelt, aber es löste in mir nicht das Hochgefühl aus, das ich auf dem Hinflug verspürt hatte.

Kaum saßen wir uns gegenüber, holte Elias seinen Laptop aus seiner Aktentasche. Ich bemerkte, dass er andere Kleidung trug als am Tag zuvor, ein schwarzes Hemd statt einem weißen, das seine Brustmuskeln perfekt betonte. Ich sah woanders hin.

„Hast du deinen Laptop dabei?", fragte er in einem Ton, der eigentlich kein ‚Nein' erlaubte. Ich musste ihm trotzdem mitteilen, dass ich meinen Laptop in London gelassen hatte.

Er zog eine Augenbraue hoch. „Ich erwarte mehr von meinen Praktikanten", sagte er kühl. „Dann hol dir etwas zu schreiben. Ich habe Aufgaben für dich und erwarte, dass du dich sofort daransetzt, sobald wir in London angekommen sind."Am liebsten hätte ich protestiert, aber sein Ausdruck ließ mich frösteln. Das war nicht der Mann, den ich gestern Abend kennengelernt hatte, und auch nicht der Mann aus meinem Traum. Das war Elias Jordan, der Staranwalt, und vielleicht spielten die bösartigen Züge seiner Magie ebenfalls hinein.

Gehorsam holte ich meinen Schreibblock und einen Stift aus meiner Tasche.

„Ich brauche eine Zusammenfassung aller Akten, die ich dir eben per E-Mail geschickt habe. Ausführlich, aber nicht zu ausführlich. Beschränk dich auf vier Sätze pro Akte. Das solltest du doch hinbekommen, oder etwa nicht?"

Er sah mich herausfordernd an, und ich nickte. Was auch immer er in diesem Augenblick von mir gefordert hätte, und wenn ich das gesamte Gesetzbuch in einem Tag hätte zusammenfassen sollen, ich hätte es getan.

„Dann such mir alle Paragraphen heraus, die mit dem Fall zu tun haben könnten."

„Bis wann?", wagte ich zu fragen.

„So bald wie möglich. Allerspätestens bis übermorgen. Ich bin etwas nachsichtig, weil wir erst gegen zehn Uhr abends in London ankommen werden, und ich weiß, dass du schlafen musst."

Entweder war das eine Anspielung darauf, dass ich in der letzten Nacht nicht viel Schlaf bekommen hatte, oder eine Anspielung darauf, dass er im Gegensatz zu mir nicht solchen niederen Bedürfnissen nachgab.

Zähneknirschend schrieb ich auf, was er mir aufgetragen hatte.„Das ist erst einmal alles", schloss er und klappte seinen Laptop zu. „Ich hoffe, du hast etwas zu lesen dabei, um den Flug sinnvoll zu nutzen. Ich kann es nicht leiden, wenn Leute ihre Zeit verschwenden."

Ich hatte eigentlich geplant, im Flugzeug zu schlafen, und hatte natürlich nur einen Liebesroman eingesteckt, bei dem ich mich nicht traute, ihn nach dieser Ansprache aus der Tasche zu ziehen.

So blickte ich einfach nur aus dem Fenster auf die Wolken, die unter uns vorbeizogen, und wünschte mir sehnlichst, dass dieser Flug endlich vorbei wäre.

Immerhin hatte ich nun zum ersten Mal Zeit, um nachzudenken. Ich versuchte, meine Gedanken zu ordnen, kam aber nicht besonders weit. Ich war eine mächtige Magierprinzessin, zumindest in der Theorie. In der Praxis war ich eine äußerst unmächtige junge Frau, die gestern zum ersten Mal so etwas wie Magie produziert hatte und damit meine größten Feinde auf mich aufmerksam gemacht hatte. Jassy und Patricia hatten geschworen, mich zu beschützen, aber nun saß ich mit einem Mann im Flugzeug, der mich vermutlich umbringen wollte, es aber aus mir unbekannten Gründen nicht tat. Zudem war er mein Boss, und hatte außerdem Sex mit mir gehabt.

Wenn das alles irgendwie Sinn ergab, dann nur auf einem fernen Planeten, auf dem andere Gesetze der Logik galten.

Immer wieder warf ich Elias einen verstohlenen Blick zu, aber entweder war er tatsächlich in seine Lektüre vertieft, oder er tat zumindest sehr überzeugend so.

Mit einem Seufzer lehnte ich mich zurück in den Sessel. Zumindest würde ich wohl schlafen dürfen, wenn Elias es mir erlaubte. Immerhin wäre ich dann heute Abend noch in der Lage, mich an den Berg von Arbeit zu setzen, den er mir aufgetragen hatte.

Elias sah mich streng an, sagte aber nichts, also schloss ich die Augen.

Langsam driftete ich in einen unruhigen Schlaf.

Ich stand auf einer Wiese, die sich am Horizont mit dem Himmel traf. Keine Wolke war zu sehen, und die Sonne blendete mich. Außer mir und der Wiese schien es nichts zu geben, und ich drehte mich langsam im Kreis, um einen anderen Menschen oder einen Hinweis auf eine Siedlung zu entdecken.

Als ich an mir herabsah, bemerkte ich, dass ich schwere Militärstiefel und eine Uniform trug, die mir nicht bekannt vorkam. Sie war komplett schwarz, unterbrochen nur von blutroten Knöpfen, die sich quer über meine Brust zogen. Der weite, schwarze Mantel wehte in der leichten Brise, die über die Wiese strich. Zögerlich machte ich ein paar Schritte und spürte ein leichtes Kribbeln im Nacken. Ich wusste mit der Intuition der Träumenden, dass der Feind hier irgendwo auf mich wartete, auch wenn ich ihn nicht sehen konnte. Ich wusste nur, dass ich ihm auf keinen Fall begegnen wollte. Nicht, weil ich Angst hatte, sondern, weil ich es leid war, das Kämpfen und Töten, und so müde. Ich wollte nur einen Ort finden, an dem ich schlafen konnte und nicht träumen musste.

Es war der letzte Tag des Krieges, das wusste ich und wusste es zugleich doch nicht. Ein feiner Geruch in der Luft trug mir diese Information zu, und ich blickte auf das Obsidianschwert in meiner Hand. Langsam setzte ich mich in Bewegung, und das Kribbeln in meinem Nacken wurde stärker.

Müdigkeit überkam mich, und ich drehte mich um. Sie standen hinter mir, zwei Gestalten, deren Körper bereits so geschwächt waren, dass sie durchsichtig erschienen. Ihre Wunden heilten nicht mehr. Helles Blut tropfte auf den Boden und färbte ihre weißen Uniformen rot. Die dunklen Haare der Frau waren zerzaust vom Kampf, ihr Gesicht bleich und eingefallen. Der Mann sah erschöpft aus, aber in seinem Gesicht lag ein Ausdruck von Entschlossenheit, den ich schon so oft gesehen hatte. Zu oft. Beide hatten ihre Schwerter in die Luft gereckt, bereit, anzugreifen.

Ich konnte mich nicht dazu bringen, mein Schwert gegen diese beiden Gestalten zu erheben. Sie schienen sich ebenfalls zurückzuhalten, ob aus Angst oder aus Schwäche, konnte ich nicht sagen.

„Karan", zischte die Frau, und ich nickte erschöpft.

„Nicht der letzte", sagte ich. „Und auch nicht der, den

ihr sucht. Der, den ihr sucht, ist schon vor Tagen gefallen."

Sie sah mich überrascht an, doch entschied sich dann offenbar dafür, mir nicht zu glauben. Mit einem Satz sprang sie vorwärts, und ich hörte, wie die Klinge die Luft durchschnitt. Ich fing den Schlag ab und mein eigenes Schwert vibrierte in meinen Fingern.

Ich schloss die Augen und sah ein, dass es keinen Sinn hatte. Mit einer fließenden Bewegung holte ich aus und stach der Frau direkt ins Herz. Sie erstarrte, und ein letztes Zucken lief durch ihren Körper, bevor er durchsichtig wurde und sich auflöste. Ein gleißendes Licht blendete mich, und ich sah den Schatten des Mannes dagegen, der auf mich zu stürmte und etwas schrie. Mit einem Schwertstich tötete ich auch ihn, und das helle Licht seiner sterbenden Magie vermischte sich mit dem erlöschenden seiner Mitstreiterin.

Ich ließ mein Schwert sinken und starrte auf die Stelle, an der sie gestanden hatten. Nichts deutete darauf hin, dass es sie jemals gegeben hatte, und doch fühlte ich die Leere, die sie hinterließen.

Müde wandte ich mich ab und ging weiter, immer auf den Horizont zu.

Elias war noch immer in sein Buch vertieft, als ich nach Luft schnappend aus meinem Traum erwachte. Verwirrt strich ich mir über das Gesicht. Der Traum war so anders gewesen als alle, die ich bisher gehabt hatte. Ich konnte nicht anders, als Elias zu mustern. Hatte er mir diesen Traum geschickt? War es seine Erinnerung an den letzten Tag im großen Krieg der Magier? Nichts in seiner ruhigen Miene deutete darauf hin.

„Wir sind bald da. Vergiss nicht, was ich dir aufgetragen habe", sagte er nach einer Weile, und ich konnte nur nicken.

Patricia und Jassy würden nach mir ankommen, also würde ich nicht die Möglichkeit haben, meinen Traum mit ihnen zu diskutieren. Vielleicht sollte ich das auch nicht, überlegte ich mir, denn es war ein weiteres Zeichen, dass ich für Elias ein offenes Buch war.

Trotzdem ließen mich die Bilder und vor allem die Gefühle des Traums nicht los. Wenn ich darüber nachdachte, was in den nächsten Tagen auf mich zukam, was für eine Zukunft plötzlich vor mir lag, erfüllte es mich nicht mit Vorfreude oder Angst vor dem, was sein würde, sondern nur mit Erschöpfung.

Vielleicht hatte mir Elias doch den Traum geschickt, um mich zu entmutigen – um mir das Gefühl zu vermitteln, dass der Kampf und jede Vorbereitung dafür sinnlos wären. Ich durfte nicht alles glauben, was mir in seiner Gegenwart in den Kopf kam, ermahnte ich mich. Ich musste wachsam bleiben. Immerhin war er ein Karan, und das hieß, dass ich ihm nicht vertrauen durfte.

Wir landeten in einem nächtlichen London, und ich ließ es mir nicht nehmen, voller Begeisterung auf die Lichter unter mir zu blicken. Wie ein Riss zog sich die Themse schwarz durch die Stadt, und die Hochhäuser wirkten wie Modellbauten, die langsam näher kamen und in den Himmel wuchsen.

Nach der Landung erhob sich Elias, ohne etwas zu sagen, und ich folgte ihm zu seinem Wagen.

Zögernd stand ich neben der Beifahrertür. Sollte ich wirklich in dieses Auto steigen? Ich wünschte, Patricia wäre hier, um mir Anweisungen zu geben, und verfluchte mich dann selbst für diesen Gedanken. Ich war die Prinzessin der Aydin, und auch wenn ich noch vollkommen unfähig war, ich konnte noch für mich selbst denken. Entschieden öffnete ich die Tür und setzte mich auf den Sitz.

Elias startete den Wagen, ohne meine Anwesenheit zu kommentieren. Als wir bereits die halbe Strecke zurückgelegt hatten, öffnete er den Mund, um etwas zu sagen. Ich sah ihn erwartungsvoll an, aber er meinte nur: „Drei Sätze pro Akte sind besser. Du musst lernen, dich kurz und verständlich auszudrücken."

Das war alles, was er während der Fahrt von sich gab, aber immerhin versuchte er nicht, mich umzubringen. Wenn man von seinem rasanten Fahrstil absah.

Er hielt vor dem Büro, und ich flüchtete aus dem Wagen.

„Auf Wiedersehen", sagte ich.

Er erwiderte nur: „Bis morgen. Und ich erwarte dich nicht erst um neun im Büro."

Es fühlte sich merkwürdig irreal an, mich nach meinen Erlebnissen in Boston in die U-Bahn zu setzen und zurück zu unserer Wohnung zu fahren. Ich hatte erwartet, dass meine Umgebung in irgendeiner Weise widerspiegelte, was passiert war. Aber noch immer saßen oder standen Menschen in der U-Bahn neben mir, hörten Musik und starrten gelangweilt auf ihr Handy oder aus dem Fenster.

Am liebsten hätte ich sie geschüttelt, hätte ihnen ins Gesicht gebrüllt, dass sich Magier zwischen ihnen versteckten und ich eine von ihnen war. Aber sie hätten mich vermutlich nur für eine der vielen Verrückten gehalten, die es in London zuhauf gab.

Neugierig musterte ich die anderen Leute in der U-Bahn und versuchte herauszufinden, ob einer von ihnen vielleicht ein Aydin oder eine Karan war. Doch ich wusste nicht, wie ich sie erkennen würde. Die ein oder andere Frau stach heraus, weil sie bildhübsch war, und ein attraktiver Mann erwiderte meinen Blick mit einem Lächeln, aber vielleicht waren es auch nur gewöhnliche schöne Menschen. Ich merkte bereits, dass meine Aufgabe, die Aydin zu vereinen, nicht einfach werden würde.

Auch unsere Wohnung gab keinen Hinweis darauf, dass sich irgendetwas verändert hatte. Nur die ungespülte Kaffeetasse auf dem Küchentisch zeugte von Jassys überstürztem Aufbruch.

Ich seufzte und ließ mich aufs Sofa fallen.

Wann kommst du zurück?, schrieb ich an Jassy, aber natürlich kam keine Antwort. Bestimmt saß sie bereits mit Patricia zusammen im Flugzeug und heckte Pläne für unser weiteres Vorgehen aus. Wie lange es wohl dauern würde, bis ich meine Kräfte einsetzen konnte? Es gab nur eine Möglichkeit, eine Antwort zu bekommen:

Ich musste warten, bis Jassy zurück war.

Irgendwann fiel ich in einen tiefen, traumlosen Schlaf. Ich wachte nur kurz auf, als Jassy zurückkam und meinen zusammenhangslosen Fragen mit einem einzigen „Geh ins Bett, wir reden morgen", begegnete.

Kapitel 11

Als ich am nächsten Morgen aufwachte, hatte ich bereits fast vergessen, was für ein Berg an Arbeit mich erwartete. Ein Blick auf die Uhr verriet mir, dass ich rennen musste, um Elias' Gebot zu erfüllen, vor neun Uhr im Büro zu sein. Als ich jedoch atemlos um halb neun an meinem Platz ankam, war er nicht zu sehen.

Auch für den Rest des Tages ließ er sich nicht blicken. Ich brütete über den Akten und war froh über meine Aufzeichnungen, in wie vielen Sätzen ich das ganze nun zusammenfassen sollte, weil ich mich niemals daran erinnert hätte.

Patricia kam irgendwann vorbei und fragte mich, sodass es jeder hören konnte, wie meine Reise nach Boston gewesen war. „Sehr interessant", sagte ich, ohne eine Miene zu verziehen. „Ich habe viel gelernt."

Was ja auch stimmte, nur nicht über internationales Recht. Ob ich wohl noch Anwältin werden konnte? Was machten Aydin eigentlich, wenn sie nicht gerade gegen die Karan in den Krieg zogen? Fragen über Fragen, die ich Patricia stellen wollte, aber natürlich war hier nicht der passende Ort dafür.

Bevor sie ging, beugte sie sich zu mir herunter und flüsterte: „Ich warte nach der Arbeit auf dich." Mehr nicht, aber ich konnte mir schon denken, warum.

Ich starrte auf meinen Bildschirm, abgelenkt von den Akten, durch die ich mich las. Siebzehn Stück hatte Elias mir geschickt, und ich war erst bei der dritten. Wenn ich in dem Tempo weiterarbeitete, würde ich bis zum Abend niemals fertig.

Ich seufzte und Mary drehte sich zu mir um. „Alles in Ordnung?"

„Ja, ich habe nur diesen riesigen Haufen an Arbeit von Elias bekommen", antwortete ich. „Ich weiß nicht, wie ich das bis morgen schaffen soll.","Nun, dann brauchst du vielleicht ein bisschen magische Hilfe." Sie zwinkerte mir zu und ich starrte sie fassungslos an. Mary, eine Aydin?

„Magische … magische Hilfe?", stotterte ich. „Wie soll ich das denn machen?"

Sie blickte ebenso verwirrt zurück, wie ich sie vermutlich ansah. „Na, du weißt schon. Wie in dem Märchen, in dem die Tochter beim Spinnen Hilfe von diesem Kobold bekommt, weil der König sie mit Arbeit überlädt?"

„Ah", machte ich, erleichtert, dass ich nichts Falsches gesagt hatte. „Rumpelstilzchen. Wo alles Stroh in Gold verwandelt wird."

„Genau", lachte Mary und wandte sich wieder ihrer Arbeit zu.

Trotzdem hatte sie, ohne es zu wissen, einen guten Punkt angesprochen. Ich hatte gesehen, in welchem Tempo Elias das Buch im Flugzeug gelesen hatte. Sollte ich nicht ähnliche Fähigkeiten haben, auch wenn er ein Karan und ich eine Aydin war?

Ich versuchte es. Statt mich auf den Text zu konzentrieren, richtete ich meinen Blick starr auf den Bildschirm und scrollte durch die Akte, die ich gerade bearbeitete. Die Wörter verschwammen, doch in meinem Kopf formten sich Zusammenhänge. Ich schrieb sie auf meinen Notizblock, bevor sie wieder verschwinden konnten.

Ich sah auf die Uhr. Eine Akte, für die ich sonst über eine Stunde gebraucht hätte, hatte ich in zwei Minuten bearbeitet.

Fassungslos starrte ich auf meine Notizen, ging dann einzelne Abschnitte des Textes durch, um sie zu vergleichen. Doch sie stimmten: Was in dem Text stand, hatte ich auf meinem Zettel zusammengefasst.

Wenn ich das vorher gewusst hätte! Stunden endlos quälender Lernerei wären in fünf Minuten erledigt gewesen.

Ich legte den Stift neben meinen Block und nahm einen Schluck von meinem Kaffee. Meine Laune hatte sich erheblich verbessert, und ich machte mich an die nächste Akte. Auch hier funktionierte es, sogar noch besser als zuvor – anscheinend hatte ich jetzt Übung im magischen Schnelllesen.

Erschrocken hielt ich inne. Hatte ich eben etwa Magie benutzt? Warteten jetzt hunderte von Karan in der Tiefgarage auf mich, um mich zu töten?

Langsam schlich ich mich zu Patricias Büro. Es war

keine gute Idee, sie hier darauf anzusprechen, aber ich musste es wissen. Ohne meine neuen Fähigkeiten würde ich niemals fertig werden, doch ich wollte auch nicht meinen eigenen Tod riskieren, nur, weil ich faul war.

Zögerlich klopfte ich an die Tür, und Patricia bat mich herein. Schon als ich die Tür hinter mir schloss und sie den Ausdruck auf meinem Gesicht sah, hob sie die Augenbrauen und fragte: „Was hat du getan?"

„Ich, ähm, ich …" Ich wusste nicht, wie ich es ausdrücken sollte. „Ich habe einfach nur einen Text schnell gelesen. Also, sehr schnell. Also, eigentlich habe ich ihn überhaupt nicht gelesen, sondern es sind Zusammenhänge in meinem Kopf entstanden. Ist das … du weißt schon. Bringe ich mich damit in Gefahr?", fragte ich so leise wie möglich. Wenn uns jemand belauschte, der kein Magier war, hielt er mich jetzt bestimmt für verrückt.Patricia lachte auf. „Nein, nein", sagte sie, ein Kichern unterdrückend. „Das ist keine … na, du weißt schon. Es ist einfach eine Fähigkeit, die wir haben, darüber musst du dir keine Gedanken machen." Sie legte den Kopf schief und lächelte mich an. „Ich erkläre es dir später."

Erleichtert ging ich zu meinem Platz zurück. Der Nachmittag verflog, während ich eine Akte nach der anderen durchblätterte.

„Du musst sie schon lesen, Elias ist da sehr genau", bemerkte Mary irgendwann, und ich zuckte zusammen. Verdammt, ich musste wirklich vorsichtiger werden in dem, was ich tat. Wahrscheinlich war es sehr gut, dass ich noch keine wirklichen Kräfte hatte, sonst könnte ich wohl nicht der Versuchung widerstehen, den Londoner Pendelverkehr hinter mir zu lassen und stattdessen jeden Tag zur Arbeit zu fliegen.

„Ich, ähm, ich werde sie noch genauer lesen. Jetzt suche ich nur nach Stichwörtern", erklärte ich und gab mir Mühe, dabei überzeugend auszusehen.

Die Akten in drei Sätzen zusammenzufassen erwies sich als wesentlich schwieriger. Hier kamen mir keine magischen Eigenschaften zur Hilfe, und als ich endlich mit klopfendem Herzen die E-Mail mit meinem zusammengebastelten Dokument an Elias schickte, war es bereits zwanzig vor sieben.

Ich sah mich im Büro um und bemerkte, dass außer mir nur noch zwei andere an ihren Schreibtischen saßen, den Blick konzentriert auf ihre Bildschirme gerichtet. Ich war immer davon ausgegangen, dass die Leute in einer Spitzenkanzlei bis zehn Uhr abends oder länger schufteten, aber das schien bei Jordans, Pfeiffer & Smith nicht der Fall zu sein.

Am ersten Tag meines Praktikums, der inzwischen eine Ewigkeit zurückzuliegen schien, hatte mir Patricia ihre Handynummer gegeben. Ich tippte unterm Tisch eine Nachricht an sie, dass ich jetzt fertig war, und bekam nur die knappe Anweisung zurück, am Ausgang auf sie zu warten.

Wenn ich die Prinzessin war, dachte ich missmutig, dann wäre es nett, wenn die Leute mich auch so behandeln würden. Aber für die Welt war ich natürlich immer noch die Praktikantin, und ich musste mich dem fügen, was meine Vorgesetzten von mir wollten.

Als ich am Ausgang ankam, war Patricia bereits da, dabei hatte ich nicht gesehen, wie sie das Büro verlassen hatte. „Wie hast du das gemacht?", fragte ich, obwohl ich die Antwort bereits ahnte.

„Keine Sorge, ich habe die Treppe genommen", sagte sie mit einem amüsierten Lächeln. „Es geht schneller. Wenn man dabei niemandem begegnet, der Fragen stellt."

Noch so eine Sache, die dringend einer Erklärung bedurfte.

Ich stieg auf ihre Anweisung hin neben Patricia in ihr Auto, ebenfalls ein schwarzer BMW, der sich kaum von Elias' unterschied. Offenbar hatten Magier den gleichen teuren Geschmack, unabhängig davon, ob sie Aydin oder Karan waren.

Patricia teilte auch Elias' Spaß am schnellen Fahren. Mehr als einmal musste ich mich an der Tür festhalten, als sie in eine steile Kurve ging. Ich fragte mich, ob sie einen Zauber gewirkt hatte, der sie vor den Blicken der Londoner Verkehrspolizisten verbarg.

Wir verließen den Stadtkern, ohne, dass Patricia mich darüber aufklärte, wohin unsere Reise ging. Die roten Backsteinhäuser wandelte sich in gesichtslose Industriebauten, bis sie schließlich in einen von einem verrosteten Maschendrahtzaun gesäumten Weg einbog. Straßenlaternen spendeten ein gelbliches, schmutzig wirkendes Licht und ließen mich frösteln.

Von der Seite aus sah ich Patricia an und fragte mich, ob ich ihr vertrauen konnte. Die Lagerhalle, vor der sie den Wagen parkte, sah aus wie der perfekte Ort für das perfekte Verbrechen.

Glaub ihnen nicht alles, was sie dir sagen, hörte ich Elias' Stimme in meinem Kopf, und auch Patricias Lächeln beruhigte mich nicht.

„Tut mir leid, dass es so abgelegen ist, aber wir wollen unsere Ruhe", gab sie zum ersten Mal an diesem Abend so etwas wie eine Erklärung ab. „Die Halle ist stillgelegt und fernab von jeglichen Wohnhäusern, damit uns niemand hören kann."Ihre Worte beruhigten mich kein bisschen.

Während sie über den Kies zum Tor der Lagerhalle lief, erklärte sie weiter: „Jassy und ich haben Schutzzauber um die Halle gewebt, das heißt, hier können wir Magie wirken, ohne, dass uns jemand entdeckt."

„Und der Schutzzauber selbst? Fällt der niemandem auf?", fragte ich, während ich versuchte, mit ihren schnellen Schritten mitzuhalten.

Sie schüttelte den Kopf. „Schutzzauber sind sehr … spezifisch, und dazu gemacht, die Blicke abzulenken. Sie sind wie ein Störsender im Gefüge der Magie."Gefüge der Magie. Noch so ein Ding, das mir nichts sagte.

Die Hände in den Jackentaschen folgte ich ihr durch das rostrote Tor, das schon bessere Zeiten gesehen hatte. Schlechte, bereits abblätternde Graffiti waren über das

142

Metall gesprüht und deuteten auf irgendeine Gang von Halbstarken hin, die hier vor einem halben Jahrzehnt ihr Unwesen getrieben hatte. Ich trat ein.

Die Mauern der Lagerhalle bestanden innen wie außen aus grauem Waschbeton, und nur oben fiel trübes Licht durch eine Reihe verdreckter Fenster. Sand knirschte unter meinen Schuhen, als ich über den Beton der Halle lief. In der Ecke schmiegten sich ausrangierte Maschinen an die Wand wie schlafende Monster, aber die Hebel und Knöpfe behielten ihre einstige Funktion für sich. Es roch nach Moder und Farbe.

Das Tor quietschte und ächzte, als Patricia es hinter sich zuzog, und ich stand im Halbdunkeln, die Schultern hochgezogen und in der festen Überzeugung, gleich ein Messer im Rücken zu spüren.

Doch nichts dergleichen geschah. Ich zuckte zusammen, als ein helles Licht in der Dunkelheit aufflackerte, und sah Jassy in einer Ecke auf einem Hocker sitzen. Sie zu sehen beruhigte mich etwas, doch ihre Augen, die im Schein der Lichtkugel in ihrer Hand glänzten, wirkten durch die Schatten fremd. Ich betrachtete sie und wusste nicht, was ich fühlen sollte. Die ehemals vertraute Freundin war innerhalb von wenigen Stunden zu jemand anderem geworden, einer Person, die ich nicht kannte und die doch so aussah wie jemand, der mir nahestand.

Meine Überlegungen wurden von Patricia unterbrochen, die sich mir jetzt näherte. Auch um ihre Hand tanzte ein warmes Licht, und die Anspannung fiel langsam von mir ab. Ruhe und Geborgenheit durchströmten mich, und ich wusste, ich konnte den beiden vertrauen.

Patricia räusperte sich. „Willkommen in unserem kleinen Reich", meinte sie und machte eine Handbewegung, die den Raum einschloss. „Es ist schäbig, aber die großen Zeiten, in denen wir Schlösser und Burgen bewohnten, sind leider vorbei. Wir müssen also mit dem auskommen, was uns zur Verfügung steht."

Sie machte eine Pause. „Ich denke, es ist am besten, wenn ich dir erst die Grundlagen der Magie erkläre, und wir dann mit Schutzzaubern beginnen."

Ich sah mich um. Meine Beine schmerzten von einem Tag in Pumps, und weil Jassy den einzigen Hocker besetzt hatte, ließ ich mich auf dem Boden nieder. Das versprach ein langer Abend zu werden.

„Es gibt verschiedene Arten von Magie, die sich in ihrer Anwendung unterscheiden", dozierte Patricia, die Arme hinter dem Rücken verschränkt. Sie lief auf und ab.

„Aber zuerst einmal möchte ich dir etwas über die Eigenschaften von Magiern erzählen. Ihr Körper wird von Magie geformt und unterscheidet sich dadurch von dem von Menschen. Vielleicht ist dir schon einmal aufgefallen, dass du besser sehen, schneller rennen und weiter werfen kannst als andere."

Das stimmte. Einer Karriere als Leistungssportlerin hätte wenig im Weg gestanden, außer, dass ich Sport hasste.

„Und du wirst nicht krank, außer, wenn du darüber nachdenkst", bemerkte Patricia.

Es war mir nie aufgefallen, aber was sie sagte, stimmte. Im Gegensatz zu meinen Klassenkameradinnen und Kommilitonen hatte ich nie mit Erkältungen zu kämpfen, und ich konnte mich nicht daran erinnern, jemals Kopfschmerzen gehabt zu haben. Sicherlich, ein paar Mal war ich krank gewesen, wenn ich keine Lust hatte, zur Schule zu gehen. Aber diese Krankheiten waren meist auf unerklärliche Weise wieder verschwunden, wenn ich beschlossen hatte, dass ich lieber wieder gesund sein wollte.

„Vieles von dem, was du heute als menschlich an deinem Körper erlebst, beruht nur auf dem, was du auf Grund deiner Erfahrung erwartest. Du schwitzt, wenn es warm ist, weil du es so gelernt hast. Du hast Schmerzen davon, in hochhackigen Schuhen zu laufen", sie blickte auf meine Füße und ich fühlte mich ertappt, „weil du in Magazinen und Büchern gelesen hast, dass es so ist. Du läufst langsam, vermutlich, weil deine Mutter dir beigebracht hat, dass man so zu laufen hat."

Vage Erinnerungen kamen in mir auf, wie die Bücherregale unserer Wohnung an mir vorbeizogen, als ich über Tische und Stühle sprang und durch die Wohnung rannte. Meine Mutter hatte mich immer ermahnt, aber nie ein Wort darüber verloren, dass es ungewöhnlich war. Ich hatte die Erinnerungen irgendwann als falsche kindliche Eindrücke abgetan.

„Deswegen hast du dich bisher auch immer darauf

beschränkt, Texte tatsächlich zu lesen, statt einfach ihre Bedeutung zu erfassen", schloss Patricia.

„Hier kannst du deine Fähigkeiten nach und nach entdecken ohne, dass jemand es bemerkt", warf Jassy ein. „Versuch es mal."

Zögerlich stand ich auf, nicht sicher, was von mir erwartet wurde.

„Lauf durch die Halle. Aber lauf, so schnell du kannst", wies mich Patricia an, und ich sah auf meine Füße. „In diesen Schuhen?"

„Ja, du kannst auch in diesen Schuhen schnell laufen. Oder zieh sie aus."Ich warf einen Blick in die dunkle Halle, deren Boden uneben und mit Dreck überzogen vor mir lag. „Was, wenn ich in Glas trete?", sagte ich etwas kläglich.

„Glas kann dich nicht verletzen."

Das entsprach nicht meiner Erfahrung, aber dann wiederum hatte ich immer erwartet, mich an einem scharfen Messer oder eine Scherbe zu schneiden, weil ich es bei anderen gesehen hatte.

Ich behielt die Schuhe trotzdem an.

Zögerlich lief ich los, wie ich es aus dem Sportunterricht kannte. Wenn ich mich auf die Dunkelheit konzentrierte, schälten sich vage Formen heraus. Eine Säule in der Mitte der Halle. Die Maschinen in der Ecke.

„Schneller!", hörte ich Patricia rufen, aber ich lief schon, so schnell ich in meinen Pumps konnte.

„Schneller!", rief jetzt auch Jassy, und ich versuchte,

schneller zu laufen, ohne zu fallen.

Nachdem ich eine Runde durch die Halle gedreht hatte, kam ich atemlos wieder bei Jassy und Patricia an. Die beiden waren nicht zufrieden mit mir, das konnte ich deutlich in ihren Gesichtern sehen.

„Du musst die Angst loswerden, zu fallen oder dich zu verletzen. Du kannst dich nicht verletzen, nicht, wenn du nicht willst", redete Jassy mir gut zu. „Hör auf, nachzudenken, und lauf einfach."

Das war einfacher gesagt als getan. Ich setzte wieder an, um durch die Halle zu joggen, aber Patricia schüttelte den Kopf, als sie nur sah, wie ich zwei Schritte tat.

Jassy rutschte von ihrem Hocker und stellte sich neben mich. „Komm, wir machen ein Rennen", schlug sie vor. Ich sah auf ihre bequemen Sneakers und dachte mir, dass das ein einfaches Rennen für sie werden würde. Trotzdem ließ ich mich darauf ein.

„Einmal durch die Halle und wieder zurück", meinte Jassy, und ich nickte.

„Gut." Patricia hob die Hand. „Fertig? Dann los!"

Ich spürte einen Luftzug, als Jassy neben mir startete. Innerhalb einer Sekunde hatte sie die Hälfte der Halle durchquert, und ich zwang meine Beine, schneller zu rennen. Ich dachte nicht nach, und plötzlich durchströmte mich neue Kraft. Die Säule lag hinter mir und die Schemen an den Wänden verschwammen.

Staub wirbelte auf, als ich am Ende der Halle bremste und umdrehte. Jassy war noch immer vor mir, aber der Abstand zwischen uns wurde kleiner. Ich holte das letzte bisschen aus mir heraus, den Blick auf den Rücken meiner Freundin gerichtet.

Wieder wirbelte Staub auf, als Jassy neben Patricia stoppte, und ich hielt nur wenige Zentimeter hinter ihr.

„Vier Sekunden", sagte Patricia mit einem Blick auf ihr Smartphone. „Du warst schon schneller", fügte sie dann an Jassy gerichtet hinzu, die mit den Schultern zuckte. „Ich wollte Lizzy eine realistische Chance geben."

Sie schien es nicht einmal als Witz zu meinen.

Ich schaute ungläubig über meine Schulter. Die Halle war bestimmt hundert Meter lang, das hieß, wir waren zweihundert Meter in vier Sekunden gelaufen? Das war unmöglich. Und ich war nicht einmal außer Atem.

Patricia ließ ihr Handy wieder in ihre Jackentasche gleiten.

„So viel dazu", sagte sie und nickte mir zu.

„Wahnsinn!"

„Ja, aber ganz normal für uns", sagte Jassy und grinste mich an.

Ich ließ mich wieder auf dem Boden nieder und sah Patricia erwartungsvoll an. Sie nahm wieder ihre dozierende Haltung ein, die Hände hinter dem Rücken verschränkt. Das glühende Licht schwebte neben ihr und riss tiefe Schatten in ihr Gesicht, als säßen wir an einem Lagerfeuer und erzählten Gruselgeschichten.

„Zurück zu den verschiedenen Arten der Magie", begann Patricia, und ich hörte aufmerksam zu. „Wie bereits erwähnt, gibt es helle Magie. In der hellen Magie

148

gibt es noch weitere Kategorien: Schutzzauber, Heilzauber und Abwehrzauber, die gegen das Böse gerichtet sind. Diese haben ebenfalls die Kraft, zerstörerisch zu wirken, aber sie können Menschen und Aydin nicht verletzen."

Ich nickte.

„Was ich nicht ganz verstehe, ist, wie man diese Magie beschwört. Muss man eine Zauberformel sprechen, oder die Hände in einer bestimmten Art bewegen?"

Patricia schüttelte den Kopf. „Nein, die Magie ist in dir und strömt nur heraus. Sie muss geformt werden, wie Gedanken."

Sie überlegte. „Du hast schon einmal Magie eingesetzt, nicht wahr? Als du dich in Boston verteidigen musstest."

Ich nickte wieder.

„Was ist dir da durch den Kopf gegangen?"

Ich zögerte. Es war schwer zu sagen, und ich zuckte mit den Schultern. „Nicht viel. Nur der Wunsch, diesen Mann abzuwehren."

„Das reicht aus, um die Magie zu formen", erklärte Patricia. „Es ist ein spezielles Gefühl, ein Wunsch, dein Wille, der die Magie lenkt."Ich überlegte. „Kann ich auch Dinge aus dem Nichts erschaffen?", fragte ich dann.

Patricia nickte zu meiner Freude. „Ja, weil du eine Aydin bist, kannst du erschaffen. Aber sei vorsichtig damit, denn du kannst Dinge nicht wieder vernichten. Also wäre es unklug, etwas zu erschaffen, für das du danach keine Verwendung hast, oder was sogar

schädlich sein könnte.",,Kann ich es einmal versuchen?",
fragte ich zögerlich. Auch Patricia schien sich unsicher,
ob es eine gute Idee war, aber dann nickte sie. „Es wird
vermutlich nicht klappen, aber versuch es."Einem
Impuls folgend hob ich die Hände, doch ließ sie dann
wieder sinken. Ich brauchte sie nicht, um Magie zu
wirken, und je früher ich mich daran gewöhnte, umso
besser.

„Du musst dich auf deinen Wunsch konzentrieren. Am
besten, du rufst dir ein Bild vor Augen und spürst in dich
hinein. Die Magie ist in dir, du musst sie nur entdecken."
Ich schloss die Augen und konzentrierte mich. In mir
herrschte Chaos, tausend Gefühle flogen durcheinander,
kämpften darum, an die Oberfläche zu gelangen und
auszubrechen. Ich atmete tief ein und dann wieder aus,
um das aufgewühlte Wasser in mir zu glätten. Dann
streckte ich die Hand aus und stellte mir vor, wie ein
warmes, helles Licht davon ausging. Ich dachte an die
Leuchtkugeln, die neben Patricia und Jassy in der Luft
schwebten, und wie es wäre, ihre Wärme in meiner
Handfläche zu spüren.

Ein ruhiges, wohliges Gefühl breitete sich in mir aus,
und Gelassenheit durchströmte mich. Gleichzeitig spürte
ich, wie eine Energie in mir erwachte, die sich fremd
und doch vertraut anfühlte. Wie eine Umarmung umgab
sie mich und trug mich, ließ mich innerlich schweben
und vertrieb jede Kälte aus mir. Als ich die Augen
öffnete, blickte ich auf meine Handfläche. Ein Licht
schwebte dort, ähnlich dem, das neben Patricia wie ein

geduldiger Begleiter in der Luft hing. Ich sah es mit einem Lächeln an. Die Strahlen dieser kleinen Sonne wärmten mein Gesicht, aber verbrannten mich nicht.

„Wahnsinn", brach es aus Jassy heraus, als ich sie stolz anblickte. „Du hast wirklich Talent!"

Auch Patricia nickte zufrieden. „Ich hätte nicht gedacht, dass es funktioniert, aber du hast es hinbekommen! Großartig!"Ich zog die Hand weg, und die Kugel blieb in der Luft schweben, ohne, dass ihr langsam pulsierendes Licht schwächer wurde oder zitterte.

Ich deutete auf die Kugel. „Wie lange wird sie bestehen bleiben? Verschwindet sie irgendwann?"

Patricia nickte. „Wie ich bereits gesagt habe, können Aydin keine Dinge zerstören. Aber irgendwann lässt die Magie von selbst nach, wenn sie nicht andauernd verstärkt wird. Deswegen sind schon Könige gestürzt worden, weil sie davon ausgingen, dass ein magisches Schwert für immer existiert, unabhängig davon, was sie damit anstellen. Doch sobald der Magier aufgehört hat, den König zu unterstützen, weil sich dieser zu einem Tyrannen gewandelt hat, verschwand auch das Schwert. Aber es dauert eine Weile. Deswegen solltest du nichts erschaffen, was dich in Schwierigkeiten bringen könnte. Und weil es passiert, solltest du auch nichts erschaffen, was von Bestand sein muss, oder wo die Gefahr groß ist, dass du aufhörst, dich darauf zu konzentrieren."

Ich nickte, das klang vernünftig. Gerade öffnete ich meinen Mund, um eine weitere Frage zu stellen, als

Patricia innehielt. Etwas an ihrer Haltung veränderte sich, wurde angespannt, und auch Jassy erhob sich von ihrem Hocker. Ich lauschte und hörte dann das Geräusch von Reifen auf Kies.

„Jemand kommt", flüsterte Patricia. „Aber wie? Und warum?"

Ich hielt den Atem an. Jassy und Patricia hatten sich schützend vor mich gestellt, doch ich wollte sehen, was passierte. Die großen Tore quietschten, als sie geöffnet wurden, und das gelbe Licht von zwei Taschenlampen durchschnitt die Dunkelheit.

„Ist da wer?", rief eine männliche Stimme in den Raum.

Patricia trat vor. „Ja", sagte sie ruhig.

Das Licht der Straßenlaterne, das durch das geöffnete Tor hereinfiel, vermischte sich mit dem Schimmern unserer Leuchtkugeln und den Strahlen der Taschenlampen und umriss zwei Personen in Uniform. Polizisten.

Der eine schien schon etwas älter zu sein, und das harte Licht seiner Taschenlampe verstärkte die Falten in seinem Gesicht. Ein Bäuchlein zeichnete sich unter seiner Uniform ab, aber seine kräftigen Arme verrieten mir, dass es keine gute Idee wäre, ihn anzugreifen. Er blinzelte in die Ecke, wo unsere Leuchtkugeln in der Luft schwebten, aber auf die Distanz wirkten sie wie die Lichter einer Lampe. Mein Herz begann schneller zu schlagen. Auf keinen Fall durften die beiden Polizisten nach hinten in die Ecke gehen und unsere Magie als das erkennen, was sie war.

„Sie dürfen sich hier nicht aufhalten, das ist Privatbesitz. Was machen Sie hier?", fragte eine zweite, forsche Stimme. Der Sprecher war jünger als der andere. Blondes Haar lockte sich über einem markanten Gesicht und dunklen Augen, die uns herausfordernd ansahen.

„Was jetzt?", zischte ich den beiden anderen zu, und Patricia antwortete: „Ich kümmere mich darum."

Sie trat vor, und dann hörte ich wieder die Stimme, die sie im Gerichtssaal eingesetzt hatte. Dieses Mal schaffte ich es, mich auf ihre Worte zu konzentrieren. „Wir haben jedes Recht, hier zu sein, und es gibt keinen Grund, uns zu stören. Gehen Sie jetzt und vergessen Sie diesen Vorfall."

Ich fragte mich, was für eine Art von Magie diese Stimme wohl darstellte, aber sie wirkte. Der ältere der Polizisten drehte sich zu seinem Kollegen um und sagte: „Komm, hier ist nichts. Gehen wir."

Zu meiner Überraschung legte der andere den Kopf schief und sah Patricia an. Dann nickte er seinem Kollegen zu. „Geh du schon mal zurück ins Auto und warte da auf mich."

Er hatte sanft gesprochen, doch selbst ich spürte den Befehl hinter seinen Worten. Der ältere Polizist nickte wieder und verließ die Halle, und ich hörte eine Autotür schlagen.

Patricia und der junge Mann starrten sich an.

„Du bist eine Magierin", stellte der junge Mann schließlich fest. „Und die anderen beiden auch.",„Dann bist du auch ein Magier", sagte Patricia. „Aydin? Oder ein Karan."

„Aydin", antwortete der Mann mit einem fast verträumten Ausdruck. „Wahnsinn, ich habe noch nie andere Aydin außerhalb meiner Familie getroffen. Klar, Karan sind mir schon viele über den Weg gelaufen, aber Aydin? Ich bin schon fast davon ausgegangen, dass es keine anderen mehr gibt!"

„Beweis es", sagte Patricia schlicht.

Der Mann sah sie verständnislos an. „Was soll ich beweisen?"„Dass du ein Aydin bist."

Er sah an sich herunter, dann wanderte sein Blick durch die Halle. „Ist das klug?", fragte er mit einem schiefen Lächeln. „Ich möchte nicht, dass wir jedem Karan in der Nähe mitteilen, wo wir sind."

„Die Halle ist magisch geschützt", erklärte Patricia und sah ihn herausfordernd an.

Der junge Polizist zuckte mit den Schultern. Dann streckte er eine Hand aus, und eine Leuchtkugel erschien darin. Ich sah ihn staunend an. Mich hatte es bestimmt eine Minute und große Anstrengung gekostet, das Licht zu erschaffen, aber für ihn war es eine Leichtigkeit.

Patricia nickte. „Gut. Ich glaube dir."

Der junge Mann zeigte auf die Leuchtkugeln, die noch immer in der Ecke in der Luft schwebten. „Das sind vermutlich eure. Ich akzeptiere das mal als Beweis, dass ihr ebenfalls Aydin seid."

Dann grinste er uns an und streckte eine Hand aus. „Ich bin übrigens Liam. Freut mich!"

154

„Patricia", sagte Patricia und ergriff seine Hand. Der Reihe nach schüttelten wir Hände, und es fühlte sich merkwürdig an, mit einem der Unseren so förmlich umzugehen.

Ich wartete ab, ob Jassy oder Patricia etwas dazu sagen würde, dass ich angeblich die Prinzessin der Aydin war, aber sie taten es nicht, und ich würde es garantiert nicht ansprechen.

„Kommst du aus einer Aydin-Familie?", fragte ich Liam. Er hatte so etwas erwähnt, und es interessierte mich, wie es war, in einer Familie aufzuwachsen, die mit Magie offen umging.

Er nickte. „Ja. Ich bin einer von denen, die nach dem Krieg geboren wurden, aber meine Eltern haben mir viele Geschichten erzählt. Es ist schwierig, als Aydin in einer normalen Welt aufzuwachsen, vor allem jetzt, wo man nicht weiß, hinter wem sich ein Karan verbirgt."

Er klopfte sich stolz auf die Brust. „Deswegen bin ich Polizist geworden. Sie haben schon oft versucht, mich zu befördern, weil ich diese merkwürdige Fähigkeit habe, Leute in allen Situationen zu bequatschen, damit sie die Waffe weglegen oder gestehen." Er grinste. „Aber ich mag die Straße. Ich kann viel Gutes tun, und ich arbeite gern mit den Kids zusammen, die kurz davor sind, auf die schiefe Bahn zu geraten."

Irgendwie war er mir trotz seiner wenig bescheidenen Worte sympathisch. Ich musterte ihn interessiert. Sein Körper, elegant und doch voller Kraft, zeigte deutlich, dass er ein Aydin war. Aber er hatte sich für ein merkwürdiges Gesicht entschieden, das in seiner Härte in einem starken Kontrast zu seinen blonden Locken stand, die mich eher an ein Kind denken ließen. Irgendwie süß, schoss es mir durch den Kopf, und ich vertrieb den Gedanken wieder.

„Ich habe erst vor ein paar Tagen erfahren, dass ich eine Aydin bin. Und dass es Magier gibt", sagte ich, an Liam gerichtet.

Er schien ein ungeheures Redebedürfnis zu haben, jetzt, wo er sich unter den Seinen wiederfand. Begeistert streckte er die Arme aus. „Wir können zusammen so viel erreichen! Habt ihr Lust, zu Rächern in der Nacht zu werden? Wir könnten Verbrecher stellen und in Kinderkrankenhäusern auftreten wie Superhelden."

Patricia verzog den Mund, aber ich lachte nur.

„Ich glaube, wir sind schon genug beschäftigt, und ich muss Magie erst einmal lernen, bevor ich als Rächer durch die Nacht fliegen kann", sagte ich mit einem Lächeln. Liam schien ehrlich enttäuscht. „Ich habe als Kind immer davon geträumt. Ich habe die ganzen Comics über Batman und Superman verschlungen, und dann hatte ich ja meine eigenen Fähigkeiten. Aber meine älteren Geschwister wollten nichts damit zu tun haben."

„Wie viele Geschwister hast du denn?", fragte ich interessiert. Ich selbst war als Einzelkind aufgewachsen, was viel damit zu tun hatte, dass mein Vater kurz nach meiner Geburt verschwunden war. Meine Mutter hatte nie ein schlechtes Wort über ihn verloren, aber sie hatte es auch nie wieder mit einem anderen Mann versucht,

156

was wirklich nicht an einem Mangel an Angeboten lag.

„Drei", sagte Liam grinsend. „Ein Bruder und zwei Schwestern, alle älter als ich."

Patricia blickte von mir zu Liam und dann wieder zurück. Sie schien zu überlegen, ob sie den Austausch unterbrechen sollte, und trat schließlich vor. „Wir sind hier, um Elisabeth beizubringen, wie sie mit ihrer Magie umgehen soll."

Ich unterdrückte den Impuls, auf die Leuchtkugel in der Ecke zu zeigen und stolz zu verkünden, dass ich sie erschaffen hatte.

Liam nickte. „Ich habe Magie von meinen Eltern und meinen Geschwistern gelernt. Wenn ihr wollt, kann ich morgen nach meiner Schicht vorbeikommen, vielleicht gibt es etwas, das ich ihr beibringen kann."

„Gern!", antwortete ich, bevor Patricia und Jassy die Chance hatten, dagegen zu stimmen. Patricia sah mich streng an, beließ es aber dabei.

„Ich glaube, wir werden das Training für heute beenden", erklärte sie und sah auf ihr Handy. „Es ist bereits kurz nach zwölf, und wir alle haben einen anstrengenden Tag vor uns."

„Was macht ihr denn?", wollte Liam wissen, offenbar noch nicht bereit, uns gehen zu lassen.

„Ich bin Anwältin", erwiderte Patricia kühl. „Elisabeth ist meine Praktikantin, also, zumindest war sie es. Jetzt arbeitete sie für einen Karan."

„Krass!", rief Liam aus, und ich musste wieder lächeln. Seine Uniform, die Respekt einflößte, stand in starkem

Gegensatz zu seinem Verhalten, und wieder musste ich denken, dass er irgendwie süß war.

„Wie ist das so?", wollte er von mir wissen. „Zwingt er dich dazu, böse Dinge zu tun? Kannst du das überhaupt?"

Ich lächelte müde. „Nein, so aufregend ist es nicht. Er zwingt mich nur dazu, Akten zu lesen und zusammenzufassen."Wieder wirkte Liam beinahe enttäuscht. „Das klingt nicht besonders spannend."

Ich zuckte mit den Schultern. „Interessant ist es schon. Aber …"„Ich denke, wir gehen jetzt besser", unterbrach Patricia mich. „Wir wollen nicht, dass dein Kumpel", sie blickte an Liam vorbei auf das Polizeiauto, wo der andere Polizist mit starrem Blick hinterm Steuer saß, „aus seiner Trance aufwacht und es kompliziert wird."

Liam winkte ab. „Ach was, Harry ist alles Mögliche gewöh-"

„Wir gehen jetzt", schnitt Patricia ihm das Wort ab. Sie nickte mir und Jassy zu, die das Gespräch interessiert verfolgt hatte, aber keine Anstalten machte, selbst mit Liam zu sprechen.

„Na gut. Aber morgen seid ihr wieder hier?", fragte Liam.

Ich nickte, bevor Patricia etwas sagen konnte.

„Super, dann sehe ich euch morgen!" Mit einem Winken verabschiedete sich Liam von uns, und die Reifen des Polizeiwagens knirschten auf dem Kies.

„Was war das denn für einer?", fragte Jassy mit einem unterdrückten Kichern.

„Ich fand ihn ganz nett", meinte ich.

„Es ist schön, Verbündete zu treffen", sagte Patricia steif. Es war klar, dass sie Liam nicht viel abgewinnen konnte, aber es störte mich nicht. Ich hatte mich dazu entschieden, ihn zu mögen, und er würde frischen Wind in unsere kleine Truppe bringen.

Patricia fuhr Jassy und mich nach Hause. Die Leuchtkugeln, inklusiver der, die Liam geschaffen hatte, ließen wir, wo sie waren. Sie würden in ein paar Stunden erlöschen, erklärte Jassy mir, und die Wahrscheinlichkeit, dass noch einmal jemand an der Halle vorbeifahren und die Lichter sehen würde, waren gering.

„Ich hätte daran denken sollen, die Halle nicht nur magisch, sondern auch gegen die Blicke von Menschen abzuschirmen", meinte Patricia säuerlich. „Ab morgen werde ich es tun, damit niemand irgendwelche illegalen Aktivitäten vermutet, nur, weil in einer alten Lagerhalle Licht zu sehen ist."

Angekommen in unserer Wohnung setzten Jassy und ich uns aufs Sofa. Ich war müde, aber gleichzeitig auch aufgekratzt.

„Du musst Patricia entschuldigen", sagte Jassy und lächelte mich an. „Als Generalin im großen Krieg war es ihre Aufgabe, den König zu beschützen, und es macht ihr zu schaffen, dass sie – in ihren Augen – versagt hat."

„Aber wie sollte sie denn den mächtigsten alle Magier schützen, wenn er es selbst nicht konnte?", fragte ich zögerlich.

159

„Sie sagt, sie hätte sich opfern müssen, als der König der Karan mit seinem Schwert ausgeholt hat." Jassy zuckte traurig mit den Schultern. „Ich war da, als es passiert ist, und es hätte keinen Unterschied gemacht. Trotzdem denkt sie so, und nun ist sie natürlich von dem Gedanken besessen, es nicht noch einmal passieren zu lassen. Dass sie in Boston nicht zur Stelle war, belastet sie mehr, als sie zugeben würde."

Ich zog meine Knie an und legte den Kopf darauf. Wenn ich so darüber nachdachte, hatte ich es Patricia wirklich nicht leicht gemacht. Es kam mir mit einem Mal dumm und gefährlich vor, dass ich mich auf Elias eingelassen hatte, und ich würde alles tun, damit Patricia und Jassy niemals davon erfuhren.

„Ich hatte einen anderen Traum", sagte ich zögerlich. „Auf dem Rückflug. In dem Traum stand ich auf einer Wiese, und ich war eine Karan, die Aydin getötet hat. Aber alles … hat sich so unsinnig angefühlt. Als wäre es zwecklos, gegeneinander zu kämpfen."

Jassy sah mich mit großen Augen an. „Du hast vom letzten Krieg geträumt? Dann muss Elias ein alter Magier sein, der damals dabei gewesen ist." Ich zuckte mit den Schultern. „Er hat nichts dergleichen gesagt, aber warum sollte er mir das auch erzählen?"

Sie rieb sich das Kinn. „Ich frage mich, was er damit bezwecken wollte. Bestimmt hatte er vor, dir das Gefühl zu vermitteln, dass du gar nicht kämpfen brauchst, um dich davon abzuhalten, deine Fähigkeiten weiterzuentwickeln."

160

Ich sah Jassy an, und in ihrem Ausdruck lag so viel Überzeugung, dass es mir schwerfiel, weiterzusprechen. „Aber ... warum müssen wir denn kämpfen? Können wir nicht einfach akzeptieren, dass es das Böse in der Welt gibt?"

Jassy schüttelte heftig den Kopf. „Vor dem großen Krieg gab es ein Gleichgewicht, doch dann hat es sich zu Gunsten der Karan verschoben. Und du weißt, wie viel Schlechtes, wie viel Leid und Schmerz es in die Welt gebracht hat."

Ich nickte langsam, und mir fröstelte bei dem Gedanken, dass sich so etwas wiederholen könnte.

Jassy sah mich mit einem warmen Blick an. „Ich glaube, es ist Zeit, dass wir ins Bett gehen. Aber erzähl mir, falls du wieder solche Träume haben solltest. Wenn es für dich in Ordnung ist, würde ich Patricia auch davon erzählen. Sie weiß, was zu tun ist, damit Elias dir nicht weiter solche Träume schicken kann."

Ich nickte und unterdrückte den Wunsch, zu protestieren. Auf keinen Fall durfte ich Jassy sagen, dass ich mir wünschte, von Elias zu träumen. Patricia durfte es noch viel weniger erfahren. In meinen Träumen war er wenigstens sanft und liebevoll, ganz im Gegensatz zu dem Mann, den ich nach unserer gemeinsamen Nacht getroffen hatte.

Doch so sehr ich es mir auch wünschte, ich träumte nicht von Elias.

Kapitel 12

Am nächsten Morgen schaffte ich es immerhin, deutlich vor neun im Büro zu sein. Ich öffnete meine E-Mails und ein kalter Schock durchfuhr mich. Elias hatte mir geantwortet, aber statt des erwarteten Vielen Dank, gute Arbeit stand in der E-Mail nur: *Was ist mit den Gesetzestexten?*

Ich fasste mir an die Stirn. Über meine Freude, dass ich die Akten viel schneller als gedacht durchgelesen hatte, hatte ich vergessen, die Gesetzestexte herauszusuchen.

Kommt gleich, schrieb ich zurück und machte mich an die Arbeit.

Auch hier erwies sich meine neue gewonnene Fähigkeit, Texte nur zu überfliegen und trotzdem zu verstehen, als nützlich.

„Du hast das nicht eben gerade durchgelesen?", fragte Mary entsetzt, als ich das dicke Buch zuschlug und begann, meine Notizen zusammenzufassen.

„Nein, nein", log ich, „ich habe nur nach Stichworten gesucht." Was für eine lahme Ausrede, die ich nun schon zum zweiten Mal benutzte.

„Jetzt verstehe ich, wieso sie dich als Praktikantin aufgenommen haben, obwohl wir das sonst nicht tun", sagte Mary bewundernd. „Du bist wirklich schnell."

Ich nickte nur, denn ich konnte ihr ja kaum erklären, dass ich vor allem eingestellt worden war, weil ich angeblich die Prinzessin der Aydin war.

Ich schrieb meine Mail an Elias fertig und erhob mich gerade, um zum Mittagessen zu gehen, als er persönlich um die Ecke kam. Er trug ein schwarzes, enganliegendes Hemd, und für eine Sekunde konnte ich nicht anders, als darüber nachzudenken, wie es gewesen war, die Haut darunter zu streicheln. Hastig dachte ich an Gesetzestexte, bevor ich rot im Gesicht werden konnte.

„Komm in mein Büro", wies mich Elias brüsk an, und Mary warf mir einen mitleidigen Blick zu.

Ich folgte gehorsam, aber mit einem flauen Unwohlsein. „Schließ die Tür", sagte Elias, als ich in seinem Büro stand, und das schlechte Gefühl verstärkte sich noch. Streng sah er mich an, ohne mir einen Sitzplatz anzubieten, und ich wagte es auch nicht, mich in dem Sessel vor seinem Schreibtisch niederzulassen.

„Ich hatte die Gesetzestexte heute Morgen erwartet, nicht erst um zwölf Uhr", sagte er. „Und die Zusammenfassung der Akten enthielt zu viel Unwichtiges und nicht genug Relevantes. Ich erwarte mehr von dir."

Ich persönlich fand, dass ich gute Arbeit geleistet hatte, vor allem dafür, dass ich mich bisher nie mit dem Thema beschäftigt hatte. Aber Elias' Blick verhinderte, dass ich die Worte herausbrachte. „In Ordnung", sagte ich nur, weil das alles bedeuten konnte.

„Ich erwarte von dir", sagte er weiter und stützte die

Ellenbogen auf dem Schreibtisch ab, „dass du dich voll und ganz auf deine Arbeit konzentrierst, egal, was sonst noch vor sich geht."Aha, darum ging es also. Er wollte verhindern, dass ich mit Patricia und Jassy Magie übte.

„Keine Sorge, wenn ich bei der Arbeit bin, liegt mein Fokus auf nichts anderem", sagte ich kühl und wagte es dann, hinzuzufügen: „Aber was ich in meiner Freizeit mache, ist nicht deine Sache."

Er sah mich genervt an. „Wenn du glaubst, dass man ein Praktikum bei Jordans, Pfeiffer & Smith machen und dann um fünf nach Hause gehen kann, dann hast du dich getäuscht."

Am liebsten hätte ich laut aufgelacht. Die Situation war absurd, hier belehrte mich ein Karan darüber, wie ich mich in der großen weiten Welt der Anwälte zu verhalten hatte, dabei wussten sowohl er als auch ich, dass wir auf zwei verschiedenen Seiten standen.

Ich wollte etwas sagen, aber er ließ mich nicht zu Wort kommen. „Du hast bis heute Abend Zeit, um deine Zusammenfassung zu überarbeiten."

Damit öffnete er seinen Laptop und ignorierte mich.

Ich atmete tief ein, kurz davor, ihn anzuschreien, aber ließ die Luft dann einfach nur wieder ausströmen.

„Gut, ich werde sie dir noch heute schicken", sagte ich nur und verließ ohne Gruß sein Büro, was er vermutlich nicht einmal bemerkte.

Innerlich kochte ich vor Wut.

„Worum ging's?", fragte Mary und sah mich mitleidig an. Mein Ärger musste mir ins Gesicht geschrieben stehen, und ich schüttelte den Kopf.

„Ich habe wirklich Übermenschliches geleistet." Mir wurde erst eine Sekunde danach bewusst, wie viel Wahres in meiner Aussage steckte. „Und trotzdem ist er unzufrieden! Jetzt soll ich alles noch mal machen, weil er es anders haben wollte."

Mary nickte verständnisvoll. „Ja, Elias ist sehr … anspruchsvoll. Manchmal glaube ich, er geht davon aus, dass andere seine Gedanken lesen können."

Wahrscheinlich stimmte das sogar, und ich war versucht, es auszuprobieren, auch wenn mich Patricia dafür wahrscheinlich kreuzigen würde.

Ich seufzte. Es blieb mir also nichts anderes übrig, als die Akten noch einmal zu lesen und zu erraten, was davon für Elias wichtig war.

Am Abend wartete Patricia wieder auf mich. Es war noch später als am Tag zuvor, und ich entschuldigte mich, aber sie zuckte nur mit den Schultern.

„Es war zu erwarten, dass er jetzt versucht, dich vom Training abzuhalten", sagte sie schlicht und bestätigte damit meine eigene Vermutung.

Als wir an der Lagerhalle ankamen, wartete Jassy bereits auf uns – zusammen mit Liam. Die beiden schienen in ein angeregtes Gespräch vertieft, das voll war von Wörtern, die ich nicht verstand und die sich auf bestimmte Arten der Magie zu beziehen schienen.

„Ich habe noch viel zu lernen", sagte ich den Satz lieber selbst, bevor ihn jemand anders aussprechen konnte.

Liam grinste mich an und klopfte mir auf die Schulter. „Na, dafür bist du doch hier!"„Genau", sagte Patricia säuerlich. „Am besten, wir fangen gleich an, es ist schon spät."

Die nächste Stunde verbrachten wir damit, Patricia zuzuhören, wie sie über die verschiedenen Arten der Magie dozierte. Ich lernte den Unterschied zwischen aktiven und passiven Schutzzaubern – ein passiver Schutzzauber war vergleichbar mit dem, der auf der Halle lag, um uns vor den Blicken anderer Magier und nun auch Menschen zu verbergen, während ein aktiver Schutzzauber ein Verteidigungszauber war, ähnlich dem, den ich gegen Elias' Bruder eingesetzt hatte.

Auch Liam ließ es sich nicht nehmen, ab und zu ein Wort einzuwerfen und etwas näher zu erklären, wenn Patricia sich in ihren Erzählungen verlor. Zuerst erntete er böse Blicke von Patricia dafür, doch nachdem ich oft genug mit eifrigem Nicken bestätigte, dass ich es jetzt verstand, und auch sonst positiv auf seine Einwürfe reagierte, wurde ihr Blick weicher.

Jassy hörte aufmerksam zu, als wäre all das neu für sie. Sie saß neben mir im Schneidersitz auf dem Boden, den Kopf auf die Hände gestützt, und schien jedes Wort einzusaugen.

„Warum hörst du überhaupt zu?", fragte ich sie, als Patricia eine Pause machte.

Sie zuckte mit den Schultern. „Man kann immer etwas Neues lernen, und meine Ausbildung ist ja auch schon über achtzig Jahre her."

Sie lachte, aber ich drehte mich mit einem unguten Gefühl weg. Ich musste mich noch daran gewöhnen, dass meine beste Freundin in Wahrheit eine uralte Magierin war, die schon gegen Karan gekämpft hatte, bevor ich auch nur geplant worden war.

„Für mich ist das alles auch eine Offenbarung", meinte Liam, der unser Gespräch belauscht hatte. „Ich habe Magie gelernt, wie man eine Sprache lernt, aber so strukturiert habe ich noch nie darüber nachgedacht." Er sah Patricia voller Bewunderung an, und sie erwiderte den Blick mit einem Lächeln. Gut. Auch danach legte sie mehr und mehr ihre strikte Haltung ihm gegenüber ab, und als ihr Vortrag endete, schien sie ihn als Teil unserer Gruppe akzeptiert zu haben.

Ich gähnte und hoffte, jetzt in mein Bett zu können. Es war bereits nach zwölf, und all die Informationen verschwammen in meinem Kopf.

Auch Patricia blickte auf die Uhr, aber sagte dann: „Und nun zum praktischen Teil."

Sie musste meinen enttäuschten Ausdruck bemerken, denn sie fügte hinzu: „Schlafen kannst du später. Deine aktuelle Situation ist zu gefährlich, um Zeit zu verlieren."

Ich nickte unter ihrem strengen Blick. Gehorsam erhob ich mich, bemüht, nicht zu seufzen.

„Bleib ruhig sitzen, dann fällt es dir leichter, dich zu konzentrieren", sagte Patricia, und Liam nickte. „Für mich war das Stillsitzen immer das Schwierigste an der Magie", sagte er und lachte.

„Das kann ich mir vorstellen", gab Patricia zurück, dann sagte sie lauter zu mir: „Erinnere dich an das Gefühl, dass dich gestern durchströmt hat, als du die Lichtkugel geschaffen hast. Versuch, das gleiche Gefühl in dir wachzurufen, aber dabei ein Bild von Schutz und Geborgenheit zu erzeugen."

Ich nickte, dabei fiel es mir schwer genug, mich um diese Uhrzeit noch zu konzentrieren. Ich schloss die Augen und holte tief Luft, die ich dann wieder ausströmen ließ. Es half nichts, tausend Gedanken schwirrten mir durch den Kopf: Was mich morgen auf der Arbeit erwartete, ob Elias weiterhin so abweisend zu mir sein würde, was wirklich in seinem Kopf vorging …

„Ich kann deine innere Unruhe spüren", sagte Jassy neben mir. „Versuch, dir jeden Gedanken als ein Blatt auf einem Fluss vorzustellen, das einfach davontreibt. Du darfst sie nicht festhalten, sonst wirst du etwas erschaffen, was ein Spiegel deiner inneren Unruhe ist."

Das wollte ich auf keinen Fall – in meinem aktuellen Zustand würde wohl Elias direkt vor mir auftauchen.

Ich holte nochmals tief Luft und atmete aus, bemüht, mich ganz darauf zu konzentrieren. Die Gedanken einfach gehen lassen, das klang wesentlich leichter, als es war. Und wie sollte ich das in einem Kampf machen? Verzweiflung breitete sich in mir aus. „Ich schaffe es nicht", klagte ich, und zu meiner Überraschung ließ sich Liam vor mir auf die Knie nieder.

„Hier", sagte er und griff meine Hände. „Ich werde es mit dir zusammen versuchen. Vielleicht kann ich dich beeinflussen, dann weißt du wenigstens, welchen Weg du in Zukunft gehen musst."Ich sah zu Patricia, die nicht glücklich darüber schien, aber dann nickte. Ich merkte, wie ich ein wenig rot wurde, als ich die Wärme seiner Hände um meinen spürte.

„Schließ die Augen", wies Liam mich an und tat es dann ebenfalls.

Wieder zuckte die Dunkelheit hinter meinen Augenlidern unruhig, doch ich spürte, wie etwas von Liam ausging: Ruhe, Gelassenheit und eine Wärme, die sich tief in mir ausbreitete. Die Gedanken lösten sich nach und nach in diesem Strom aus Geborgenheit auf, und ich spürte, wie ich ruhiger wurde. Mein Atem, zuvor noch gehetzt, wurde gleichmäßig, und ich konzentrierte mich darauf.

„Sehr gut", murmelte Liam. „Halt dieses Gefühl fest und lass es wachsen."

Ich richtete meinen Fokus ganz auf die Ruhe in mir und fühlte mich wie in meinen Träumen, in denen Elias mich trug. Nichts auf der Welt konnte mich verletzen, und ich schmiegte mich innerlich an diese Wärme, die in mir aufstieg. Dann rief ich mir ein Bild in den Kopf, ein Bild von einer schimmernden Schutzhülle, die mich umgab.

Als ich die Augen öffnete, sah ich tatsächlich ein feines Glühen auf meiner Haut, das ein eigenes Licht sein konnte oder nur die Reflexion der Leuchtkugeln, die Patricia, Liam und Jassy erschaffen hatten. Vorsichtig berührte ich meinen Arm und spürte die Wärme, die von

169

dem Leuchten ausging.

Nicht nur ich, auch Liam war eingehüllt von dem Licht.

„Wahnsinn", flüsterte er. „Das ist einfach nur großartig." Auch er berührte verwundert seinen Arm, wo das Leuchten langsam nachließ, als verschwände es in seiner Haut.

„Das ist ... wirklich beeindruckend", gab selbst Patricia zu, und Jassy klatschte in die Hände. „Ich habe so etwas noch nie gesehen. Sicherlich gibt es viele Magier, die einen Schutzzauber weben und auch auf andere erstrecken können, aber gleich beim ersten Versuch ..."

Liam sah mich schief an. „Bist du dir sicher, dass du noch nichts über Magie weißt?"

Ich zuckte mit den Schultern, unwillig, die innere Ruhe in mir aufzugeben. „Was passiert jetzt?", wollte ich wissen, und auch meine Stimme klang gelassen.

„Der Schutzzauber ist nicht verschwunden, er ist nur von deiner Haut verschwunden. Er wird ein paar Stunden anhalten, wenn du nicht daran denkst, ihn wieder zu verstärken."

Nun zog ich doch eine Grimasse. „Das heißt, wenn ich morgen aufwache, ist er wieder verschwunden?"

Patricia nickte. „Deswegen ist es wichtig, Schutzzauber immer zu erneuern. Oder nicht zu schlafen."

Nicht zu schlafen! Das konnte ich mir wirklich nicht vorstellen, doch Jassy warf ein: „Je weiter du dich von

170

deinen Erinnerungen an menschliche Körper entfernst und je mehr du zu einer Magierin wirst, desto weniger wirst du Dinge wie Schlaf und Essen benötigen. Es ist … optional. Unsere Körper müssen nicht ruhen, und sie müssen auch nicht durch Essen am Leben gehalten werden. Es ist die Magie, die sie speist."

Liam stimmte dem zu, also beschloss ich, Jassy zu glauben.

Ich gähnte und meinte dann: „Ich hoffe, ich komme bald in diesen Zustand. Momentan möchte ich nämlich nur in mein Bett."

Patricia lächelte nachsichtig. „Nun gut. Aber ich hoffe, dass du einen intakten Schutzzauber um dich hast, wenn ich dich morgen sehe."

„Ich werde mir Mühe geben", antwortete ich, obwohl ich mir gar nicht sicher war, ob ich es ohne Liams Hilfe überhaupt schaffen würde.

Meine Morgenroutine hatte also neben einer Dusche, Zähneputzen und einem schnellen Kaffee ein weiteres Element hinzugewonnen: einen Schutzzauber weben. Jassy half mir dabei.

Wir saßen auf unserer Couch, die Beine überschlagen, und hielten uns an den Händen. Wieder verlor ich mich in ihrer Ruhe, und als ich die Augen öffnete, leuchtete der Schutzzauber um mich herum, bis er langsam verschwand. Trotzdem fühlte ich mich anders: stärker, sicherer, als wäre ich gegen jeden Angriff gewappnet. „Sei trotzdem vorsichtig", warnte Jassy mich. „Der Schutzzauber hält nur einfache Angriffe ab. Leg dich also nicht mit deinem Boss an." Sie zwinkerte mir zu.

Das hatte ich auch nicht vor. Die nächsten Tage vergingen in einem Rausch aus Tonnen von Arbeit, die mir Elias ohne viele Kommentare hinwarf und mit deren Resultaten er nie zufrieden war. Kaum hatte ich es geschafft, eine Aufgabe abzuschließen, gab er mir die nächste, ohne mir etwas zu erklären oder genaue Anweisungen zu geben, was er erwartete. Nur eins schien er ständig zu erwarten: mehr. Als er mir das zum dritten Mal sagte, war ich kurz davor, die Fassung zu verlieren und ihn anzuschreien.

„Ich gebe schon mein Bestes", sagte ich stattdessen kühl.

„Dann ist das nicht genug", kam die Antwort, die ich erwartet hatte.

Damit wies er auf die Tür seines Büros, und mit hängenden Schultern verließ ich es.

Einen Vorteil hatte die ganze Arbeit immerhin: Ich entdeckte mehr und mehr von meinen Fähigkeiten. Nicht nur konnte ich schneller lesen und verstehen, auch dauerte es immer kürzer, bis ich Texte verfasst hatte, und das ohne Tippfehler.

„Du machst noch die Tastatur kaputt", sagte Mary lachend, als ich wieder einmal einen Text in einer Minute in meinen Laptop hämmerte. „Ich habe noch nie jemanden gesehen, der so schnell tippen kann!"

Danach gab ich mir Mühe, meine Geschwindigkeit nur noch einzusetzen, wenn sie gerade nicht an ihrem Schreibtisch war.

Direkt nach der Arbeit traf ich mich mit Patricia auf dem Parkplatz, und wir fuhren zur alten Lagerhalle, wo mein Training aus einer Mischung von Magietheorie und praktischer Anwendung bestand. Viel zu lange hielten wir uns für meinen Geschmack mit Schutzzaubern auf, wie sie gewoben, wie sie verstärkt und gehalten wurden.

„Ein weiterer wichtiger Schutzzauber", begann sie an diesem Abend, und ich stöhnte innerlich auf, „ist der Zauber, der verhindert, dass andere in deine Gedanken eindringen können." Sie sah mich streng an, und ich merkte, wie ich rot wurde. Bestimmt spielte sie auf die Träume an, die Elias mir geschickt hatte, denn ich konnte mir nicht vorstellen, dass Jassy diese Information für sich behalten hatte.

Gleichzeitig wurde mir mehr und mehr bewusst, dass ich einen solchen Zauber gar nicht können wollte. Es gab noch immer einen Teil von mir, der jede Nacht hoffte, von Elias zu träumen. Doch seit meiner Rückkehr aus Boston waren diese Träume ausgeblieben. Vermutlich, dachte ich und konnte meine Enttäuschung nicht unterdrücken, sah er nach der Nacht mit mir keinen Grund mehr darin, mich zu betören.

„Nun zum praktischen Teil", sagte Patricia, und ich spannte mich an. Sie würde doch nicht …

„Jasmin wird versuchen, in deine Gedanken einzudringen, und deine Aufgabe ist es, sie davon abzuhalten."

Ich versuchte, die Panik zu unterdrücken, die in mir aufstieg. Auf keinen Fall durfte ich an die Nacht mit

Elias denken, aber natürlich rief auch dieser Gedanke die Erinnerung wach.

Jassy stand auf und nickte mir mit einem Lächeln zu. Ich lächelte verkrampft zurück.

„Wie … wie mache ich das?", fragte ich. Ich durfte auf keinen Fall zulassen, dass Jassy erfolgreich war.

„Werd ruhig, und setz deine Magie ein", erklärte Patricia, doch es war nicht besonders hilfreich.

„Bereit?", fragte Jassy, noch immer ihr Lächeln auf dem Gesicht. Bestimmt erwartete sie nicht, irgendetwas zu finden, von dem sie nicht bereits wusste.

„Einen Augenblick noch", versuchte ich das Unvermeidliche hinauszuzögern. Ich versuchte verzweifelt, meinen Geist zu leeren, aber natürlich funktioniert es nicht. Schließlich nickte ich, weil ich nicht wusste, was ich sonst tun sollte. Wenn ich noch länger versuchte, Zeit zu schinden, machte ich mich ebenso verdächtig. Ich hatte keine Wahl.

Also atmete ich tief ein und dann wieder aus, doch der Druck in meinem Magen blieb.

„Ich greife jetzt an", verkündete Jassy, und wieder nickte ich, alle meine Sinne auf Abwehr gerichtet.

Ich spürte ein leichtes Kribbeln und einen unangenehmen Druck in meinem Kopf. Wenigstens würde ich es merken, wenn jemand versuchte, meine Gedanken zu lesen.

„Nein, ich mache es nur so, damit du ein besseres Gefühl für die Abwehr bekommst", sagte Jassy, und ich zuckte zusammen. Sie lächelte. „Ich befürchte, du musst dich mehr anstrengen."

Ich wusste nicht, wie. Mein Körper spannte sich an, als ich versuchte, Jassys Präsenz von mir fernzuhalten, doch ich bekam sie nicht zu fassen.

„Versuch nicht, dich gegen mich zu wehren, sondern bau eine Schutzmauer auf", riet mir Jassy, die noch immer meine Gedanken las.

Ich musste mich beeilen, bevor sie auf meine Erinnerung an die Nacht mit Elias stieß.

Zu spät. Ich hatte darüber nachgedacht. Jassys Augen wurden groß, ihr Mund öffnete sich im Schock. Bitte, bettelte ich in Gedanken, sag ihr nichts davon, ich wusste nicht, wer er wirklich ist. Sie darf nichts davon wissen!

Jassy schloss ihren Mund wieder und sah mich grimmig an. Ich hörte ihre Stimme in meinem Kopf: Na gut, vorerst werde ich ihr nichts sagen. Aber du musst mir später genau erzählen, was passiert ist.

Ich spürte, wie sie sich zurückzog, und stützte mich erschöpft mit den Händen auf dem kalten Boden ab.

„Ich befürchte, sie war nicht besonders erfolgreich", sagte Jassy zu Patricia, die uns genau beobachtet hatte.

„Vielleicht versuche ich es noch einmal", schlug Patricia vor, doch zu meiner Erleichterung schüttelte Jassy den Kopf. „Ich glaube, sie ist einfach erschöpft. Das Beste wäre, morgen weiterzumachen."

Ich nickte und schickte dann noch ein Gähnen hinterher. „Tut mir leid, ich bin vollkommen erledigt", sagte ich.

Patricia runzelte die Stirn.

„Na gut." Sie sah etwas unschlüssig von Jassy zu mir.

„Wir werden morgen früh aufstehen und dann noch einmal üben", versprach Jassy, und mir entwich ein Stöhnen. Patricia sah mich streng an.

„Ja, das werden wir", sagte ich.

Wir verabschiedeten uns von Liam, und Patricia fuhr uns nach Hause. Während der gesamten Fahrt sah Jassy mich von der Seite an, als würde sie versuchen, in meiner Miene etwas zu lesen, das ihr mehr über das verriet, was sie in meinen Gedanken gefunden hatte.

Kaum hatten wir die Wohnungstür hinter uns geschlossen, packte sie mich am Arm und zerrte mich auf unser Sofa.

„Du hast was?"

„Ich wusste nicht, wer er war, alles ging so schnell, er hat mich vor diesem Karan, seinem Bruder, gerettet, und dann ist es irgendwie passiert", versuchte ich kläglich, mich zu verteidigen.

Jassy hob beide Hände. „Noch einmal von vorne. Nur zur Klarstellung: Du hast mit Elias Jordans geschlafen? Deinem Boss? Dem Karan?"

Ich nickte zögerlich, den Blick zu Boden gerichtet.

„Warum?"

Die Frage konnte ich nicht einmal für mich selbst beantworten, also zuckte ich mit den Schultern. „Ich weiß es nicht. Er war da, die Situation hat sich irgendwie … so ergeben." Flehend sah ich sie an. „Du darfst Patricia nichts davon erzählen. Sie würde ausrasten."

Jassy nickte grimmig. „Und zu recht. Ich glaube, du weißt gar nicht, in was für eine Gefahr du dich begeben hast."

„Aber er hat mich gerettet", meinte ich. „Wie böse kann er denn sein, wenn er das getan hat?","Glaub nicht, dass er es nicht aus Eigennutz getan hat", gab Jassy scharf zurück. „Wahrscheinlich hat er einen Liebeszauber gewirkt, um dich unter seine Kontrolle zu bringen und die Aydin zu schwächen. Wenn unsere Prinzessin sich am Ende gegen uns stellt, oder sich weigert, zu kämpfen, werden wir auf jeden Fall verlieren. Bestimmt hat er bloß auf Anweisungen seines Prinzen oder seiner Prinzessin gehandelt."

Ich ließ den Kopf hängen. Der Gedanke war mir natürlich selbst gekommen, aber ihn so klar ausgesprochen zu hören, ließ es Wirklichkeit werden.

„Ein Liebeszauber? Gibt es so etwas?", fragte ich schwach.

Jassy nickte. „Ja. Nur Karan können ihn wirken, da er in seiner Natur nur Schlechtes hervorbringt. Liebe ist nicht immer etwas Gutes, vor allem nicht, wenn sie erzwungen wird."

„Meinst du … meinst du, er hat so etwas getan?", fragte ich zögerlich. Ich spürte in mich hinein, und ja, da war etwas, ein Funken, ein Glühen, das sich anfühlte wie Liebe.

Jassy nickte heftig. „Bestimmt. Ich würde es ihm, und jedem Karan, auf jeden Fall zutrauen."

Das war nicht das, was ich hatte hören wollen. War es

177

tatsächlich der Grund für diese Anziehung, die ich zu Elias spürte? Etwas in mir wehrte sich dagegen, zu akzeptieren, dass es lediglich ein Zauber war. Aber vielleicht war es der Zauber selbst, der Widerstand leistete.

„Was jetzt?", fragte ich, den Kopf auf die Knie gestützt. Mehr denn je sehnte ich mich danach, mit Elias reden zu können, ihn fragen zu können, was eigentlich passiert war in jener Nacht. Wie er mich angesehen hatte, bevor sein Blick hart und sein Herz kalt geworden waren.

„Wir müssen daran arbeiten, deine Abwehr aufzubauen", sagte Jassy entschieden. „Es ist mehr denn je nötig, dass du nicht mehr von ihm träumst und dass du dich gegen seinen Liebeszauber wehren kannst."

Ich nickte und ignorierte den Wunsch in mir, genau das nicht zu tun.

„Wie also?", fragte ich.

Jassy sah auf die Uhr, die in unserem Wohnzimmer vor sich hin tickte. Sie zeigte, dass es kurz vor halb zwei war, und wieder musste ich ein Gähnen unterdrücken.

„Ich denke, es ist besser, wenn du jetzt schlafen gehst", sagte Jassy. „Und wir stehen morgen eine Stunde früher auf, um den Schutzzauber zu üben."

Ich seufzte. „Na gut. Wenn es wirklich nötig ist …"

„Es ist nötig", sagte Jassy mit Nachdruck. „Aber jetzt musst du dich ausruhen. Gerade für Anfänger ist Magie anstrengender, als man glaubt, egal, wie begabt du auch sein magst."

Ich stand auf und machte mich auf den Weg in mein Zimmer. An der Tür drehte ich mich noch einmal um. „Und du sagst Patricia auch wirklich nichts?"

Jassy zögerte, dann nickte sie. „Vorerst."Mehr konnte ich von ihr im Augenblick wohl nicht erwarten.

Kapitel 13

Auch in dieser Nacht träumte ich nicht von Elias, zumindest nicht so wie zuvor. Er geisterte durch meinen Schlaf, mal schrie ich ihn an, dass er mich nur verzaubert hatte, dann wieder sah er mich so liebevoll an wie in der Nacht in Boston.

Als Jassy mich viel zu früh weckte, fühlte ich mich abgeschlagen und erschöpft. Immer wieder war ich aufgewacht und hatte darüber nachgedacht, was passiert war, hatte mich unruhig umhergewälzt und versucht herauszufinden, ob ich wirklich unter einem Zauber lag.

„Raus aus den Federn", sagte Jassy bestimmt und zog meine Decke weg.

Müde kletterte ich aus dem Bett und zog mich an. Immerhin stellte mir Jassy eine Tasse Kaffee auf den Couchtisch, bevor sie sich mir gegenübersetzte und mich ansah. „Bist du ausgeruht?", fragte sie mich, obwohl sie mir ansehen konnte, dass ich es nicht war. Ich nickte trotzdem.

„Konzentrier dich zuerst auf die Ruhe in dir. Mit der Zeit wird es einfacher werden, aber vorerst ist es nötig", wies Jassy mich an.

Ich schloss die Augen und versuchte, das Gefühl von Wärme und Geborgenheit in mir wachzurufen, das ich mit meinem Traum von Elias verband. Ein wenig schuldbewusst spürte ich dem Gefühl nach und merkte, wie Ruhe und Gelassenheit mich durchströmten. Ich fühlte mich sicher, ich wurde getragen von der Erinnerung an ihn.

„Ich versuche es jetzt", meinte Jassy, und eine Sekunde später: „Du denkst ja schon wieder an Elias!"

Sie gab mir einen Klaps auf den Oberarm. „Konzentrier dich, das ist kein Spiel. Wenn du es nicht schaffst, könnten Karan in deine Gedanken eindringen und dich kontrollieren. Und wir werden Ärger mit Patricia bekommen."

Ich wusste nicht, was mir mehr Angst machte. Gehorsam schloss ich wieder die Augen, und dieses Mal schaffte ich es, das Bild eines Schutzwalls in mir wachzurufen.

„Sehr gut", lobte Jassy, aber ich verspürte trotzdem ein unangenehmes Kribbeln. „Versuch, das Bild zu stärken und mich aus deinem Geist zu werfen."

Ich gab mein Bestes, und drängte gegen das Gefühl an, jemand anderen in meinem Kopf zu haben. Die Mauer in mir wuchs, wurde stärker, und schließlich sagte Jassy: „Ja, das ist es. Jetzt halt an diesem Bild fest."

Das Kribbeln ließ nach, bis es ganz verschwand. Ich öffnete die Augen und Jassy nickte bestätigend. „Du hast es geschafft. Jetzt musst du nur noch versuchen, diese Magie den ganzen Tag aufrecht zu erhalten."

Ich zögerte. „Besteht dann nicht die Wahrscheinlichkeit, dass mich ein Karan aufspürt?"

Jassy schüttelte den Kopf. „Sie ist sehr gering. Einen Zauber am Leben zu halten senden nur ein sehr kleines Signal aus, das hoffentlich von niemandem aufgegriffen wird. Und du musst dir keine Sorgen machen, unsere Wohnung ist natürlich auch von einem Schutzzauber umgeben, sodass uns niemand hier finden kann."

Ich stöhnte auf. „Das hättest du mir auch früher sagen können! Ich wollte so gern Magie üben, aber ich habe mich nicht getraut."

Jassy lachte auf. „Du machst auf mich in den letzten Tagen nicht den Eindruck, als hättest du noch die Energie dazu."

Natürlich stimmte das, aber es war gut zu wissen, dass ich den ein oder anderen Zauber wiederholen konnte, wenn mir danach war. Auch wenn ich nicht sagen konnte, wann das jemals der Fall sein sollte.

„Gut, auf zur Arbeit. Und solltest du Elias heute begegnen, denk daran, deine Abwehrzauber aufrecht zu erhalten."

Ich nickte entschlossen. Auf keinen Fall wollte ich, dass Elias in meinem Kopf herumstöberte, wie es ihm passte. Die Vorstellung, dass er es bereits in der Vergangenheit getan hatte, ließ mich erschaudern.

„Elias hat nach dir gefragt", informierte Mary mich, als ich bei der Arbeit ankam.

Ich stöhnte auf. Es war viertel vor neun, aber natürlich suchte er mich an dem Tag, an dem ich zu spät kam. Ich ließ meine Tasche auf meinen Stuhl fallen.

„Hat er gesagt, was er will?"

Mary schüttelte den Kopf. „Du kannst froh sein, dass du überhaupt so viel Zeit mit ihm verbringen kannst. Normalerweise ist er nicht besonders oft im Büro, sondern reist durch die Weltgeschichte oder ist im Verhandlungssaal."

Ich wusste nicht, ob Glück die angemessene Reaktion darauf war. Ich setzte mich auf meinen Stuhl und schloss die Augen, um mich auf den Schutzwall zu konzentrieren.

„Was machst du da?", fragte Mary und unterbrach damit meine Gedanken. „Ich sammele mich. Innerlich", antwortete ich, und wenn ihr das als komisch erschien, so sagte sie es nicht.

Nachdem ich mir sicher war, dass meine Abwehr auch Elias standhalten würde, machte ich mich auf den Weg zu seinem Büro.

Die Tür stand offen, und er blickte auf, als ich eintrat.

„Was gibt's?", versuchte ich so locker wie möglich zu fragen.

Er runzelte die Stirn. „Sieht so aus, als würdest du langsam lernen", meinte er dann, und ich war mir nicht sicher, worauf er sich bezog. Eine Pause entstand, während ich über die Bedeutung seiner Worte nachdachte.

„Dein letzter Report war besser als die bisherigen", fügte er hinzu, aber ich wurde den Gedanken nicht los, dass er sich auf meinen Abwehrzauber bezog. Umso besser. Sollte er sich ruhig die Zähne daran ausbeißen, meine Gedanken zu lesen.

Ich verließ mich auf den Schutz meines Zaubers und ließ innerlich eine Schimpftirade gegen ihn los. Wie konnte er nur so kühl sein? Er hatte einen Liebeszauber gegen mich gewirkt, da war ich mir inzwischen sehr sicher, nur, um mich dann fallen zu lassen. Was sollten all diese Spielchen?

„Stimmt irgendetwas nicht?", fragte er und zog eine Augenbraue hoch.

Was mein Schutzwall vor ihm verborgen hatte, zeigte sich wohl deutlich auf meinem Gesicht. Ich bemühte mich um einen neutralen Ausdruck. „Nein. Ich habe nur gerade über etwas nachgedacht", sagte ich kühl, auch wenn ich ihm am liebsten Anschuldigungen an den Kopf geworfen hätte.

„Es ist sehr gut, dass du nachdenkst", sagte er gedehnt. „Aber ich hoffe, es hat etwas mit der Arbeit zu tun."Natürlich. Ich ballte meine Hände zu Fäusten und entspannte sie dann wieder, als sein Blick darauf fiel.

„Was ist meine nächste Aufgabe?", fragte ich, bemüht, Gespräch und Gedanken wieder zur Arbeit zurückzubringen.

„Ich werde dir wieder einige Akten zu einem Fall schicken und du wirst sie zusammenfassen."

Ich stöhnte innerlich auf und schlug mir die Hand vor den Mund, als mir bewusst wurde, dass ich es auch äußerlich getan hatte.

„Stört dich etwas daran?"

„Es ist nur … es wird auf Dauer etwas langweilig, das ist alles. Aber natürlich werde ich mein Bestes geben", sagte ich durch zusammengebissene Zähne.

„Willst du stattdessen etwas anderes machen?", sagte er, und es klang nicht wie ein Angebot.

„Was wäre denn die andere Aufgabe?", fragte ich trotzdem.

„Nun gut, wenn du es zu langweilig findest, dann wirst du heute eine Lektion der etwas anderen Art haben." Er nahm einen Stapel Akten von seinem Tisch und legte sie vor sich. „Wir müssen morgen einen Mörder verteidigen, und er erwartet, freigesprochen zu werden."

Ich sah ihn erstaunt an. „Hat er es getan?"

Elias grinste. „Das ist unerheblich. Unsere Aufgabe ist es, eine Geschichte aufzubauen, die darauf passt, dass er es nicht war. Die Anklage hat einige gute Punkte, die wir angreifen müssen. Heute werden wir die Recherche dazu machen."

„Ist das … ist das nicht etwas spät?", fragte ich ungläubig, aber Elias winkte ab. „Für andere schon, aber für mich …" Er ließ den Rest des Satzes offen, aber die Bedeutung war klar.

„Na gut", sagte ich zögerlich und nickte. „Wie werden wir das tun?"

„Ein Ausflug", antwortete Elias und ging zu einem Kleiderständer in der Ecke. Er zog sich seinen Mantel im Gehen über und sah dabei unverschämt heiß aus. Ich drehte mich zur Seite, damit er meine roten Wangen nicht sehen konnte.

Ich hatte Mühe, ihm zu folgen, so schnell lief er, ohne dabei sein ruhiges Äußeres zu verlieren.

„Wo fahren wir hin?", fragte ich atemlos, als wir im Aufzug standen. Natürlich war ich mir sehr bewusst, dass er nur einen halben Meter von mir entfernt stand, und drückte mich an die Wand, um ihm nicht zu nahe zu kommen. Falls er es bemerkte, kommentierte er es nicht.

„Zu einer Zeugin. Unser Mandant wird beschuldigt, seine Frau im Schlaf ermordet zu haben, doch unsere Verteidigung wird sein, dass es Einbrecher waren." Er überlegte. „Oder seine Feinde. Ich habe mich noch nicht entschieden."

Mich überkam Unwohlsein. „Aber ... es ist falsch, einen Mörder entkommen zu lassen", sagte ich mit Nachdruck. „Wenn er es wirklich getan hat, muss er seine gerechte Strafe bekommen."Elias grinste nur. „Es ist alles relativ. Vielleicht war er es wirklich nicht, davon muss ich mich noch überzeugen. Vielleicht hatte er sehr gute Gründe. Er besteht jedenfalls darauf, dass er es nicht getan hat, und wer bin ich, dass ich das Wort meines Mandanten anzweifele?"

Mir wurde schlecht. Ich hatte gesehen, was Patricia im Gerichtssaal erreichen konnte, und hatte keine Zweifel daran, dass Elias die gleichen Fähigkeiten besaß. Aber einen Mörder laufen zu lassen ...

Wir waren bei seinem Auto angekommen, und ich setzte mich auf den Beifahrersitz. Wieder wurde ich Zeuge eines Fahrstils, der unter normalen Bedingungen die Londoner Verkehrspolizei auf den Plan gerufen hätte, aber zweifellos wusste Elias genau, wo sie sich aufhielt und wo nicht. Ich dachte an Liam. Vielleicht sollte ich ihm sagen, dass er Ausschau nach Elias halten sollte. Nur, um Elias ein wenig in Schwierigkeiten zu bringen, aus denen er sich nicht herausreden konnte.

„Der Fall ist sehr interessant. Der Mandant besteht darauf, dass er spät nach Hause gekommen ist und seine Frau ermordet im Bett aufgefunden hat", erklärte Elias und sah mich dabei an, was beunruhigend war, da er gleichzeitig das Auto in viel zu hohem Tempo um eine enge Kurve steuerte.

„Er hat sofort die Polizei gerufen. Warum sollte er das tun, wenn er schuldig wäre? Würde er nicht eher versuchen, den Mord zu vertuschen?"

Ich nickte zögerlich. „Er könnte es auch getan haben, um sich ein Alibi zu verschaffen", meinte ich lahm.

„Ah, das Alibi. Das ist noch eine andere Sache. Er hat nämlich eins, wenn auch kein besonders gutes."

Ich hielt mich an der Tür fest, als wir um eine weitere Kurve schlitterten.

„Er war bei seiner Geliebten", redete Elias weiter, als wären andere Autos und rote Ampeln nur ein Eindruck, der draußen vorbeizog und ihn nicht betraf. „Sie bestätigt das, aber nun geht die Polizei natürlich davon aus, dass das Alibi abgesprochen ist. Schließlich sehen sie als Motiv für die Tat an, dass er seine Frau aus dem Weg räumen wollte, um mit seiner Geliebten zusammen sein zu können."

Mir war inzwischen schlecht, und es lag nicht nur an Elias' Fahrstil.

„Aber vielleicht stimmt es auch. Wir werden sehen.

Als erstes werden wir sie befragen."

„Aber dürfen wir das überhaupt?", protestierte ich schwach.

„Natürlich. Und je weniger man nach Erlaubnis fragt, umso besser." Er grinste mich an, und ich wünschte mir, er würde auf die Straße sehen.

Zu meiner Erleichterung parkte er das Auto wenige Minuten später mit quietschenden Reifen vor einem typisch englischen Backsteinhaus. Ich betrachtete es durch das Fenster. Die Häuser hier reihten sich ohne Unterbrechung aneinander, mit einer Einfahrt vor und etwas, das als Garten verkauft wurde, hinter dem Haus. Jedes der Gebäude hatte zwei Stockwerke, meistens einem typischen Aufbau folgend mit Wohnzimmer, Küche und Bad im Erdgeschoss und zwei oder drei Schlafzimmern im oberen Stockwerk. Ich hatte viele davon besichtigt, als ich mit Jassy auf der Suche nach einer geeigneten Wohnung war. Die Hauptmerkmale dieser Art von Häusern waren eine schlechte Isolierung und Schimmel an den Wänden, und das zu einem horrenden Preis.

Es gab keine Klingel, also klopfte Elias an die Tür, während ich ein paar Schritte hinter ihm stand und es nicht lassen konnte, seine breiten Schultern zu bewundern. Konzentrier dich auf deine Abwehr, sagte ich mir, und konzentrier dich auf den Fall, nicht auf seine Schultern!

Eine zierliche Frau öffnete die Tür, und sie sah ganz anders aus, als ich mir die Geliebte eines reichen

Industriellen vorstellte. Ich hatte starkes Make-Up, falsche Wimpern und blondierte Haare erwartet, aber stattdessen stand eine Frau vor mir, die in einer Bibliothek nicht aufgefallen wäre. Ihre mausbraunen Haare waren zu einem Knoten gebunden, und sie trug dezentes Make-Up. Ihre violette Bluse war bis oben hin zugeknöpft, und ihre schwarze Hose saß eng, aber nicht zu eng.

Sie hatte sich Mühe gegeben, ihre tiefen Augenringe unter ihrer Schminke zu verbergen, aber ohne Erfolg. Als ich sie so sah, tat sie mir einfach nur leid.

„Ms. Smith?", fragte Elias höflich und streckte die Hand aus.

Sie nickte zögerlich und griff dann seine Hand, als traute sie sich nicht, ihn zu berühren. Ich konnte es ihr nicht verübeln.

„Sie müssen Mr. Jordans sein", sagte sie, aber mit einer angenehm tiefen Stimme. Dann sah sie über Elias' Schulter. „Und das ist …"

„Meine Assistentin, Miss Davis", stellte Elias mich vor.

„Kommen Sie herein", bat uns die Frau, die so passend zu ihrem unscheinbaren Äußeren auch noch einen Allerweltsnamen wie Smith trug.

Sie führte uns in ein Wohnzimmer, in dem eine Glasfront zu einem zusammengebastelten Wintergarten führte, der aber nur als Abstellkammer für Staubsauger, Bügelbrett und Kleinkram zu dienen schien. Zwei abgesessene Sofas standen um einen niedrigen

Couchtisch, auf dem rötliche Abdrücke von zu vielen Gläsern Wein zeugten. Regale oder Bücher gab es keine, also war mein Eindruck einer Bibliothekarin falsch.

Elias räusperte sich. „Dürfen wir uns setzen?", fragte er, und Ms. Smith nickte. „Möchten Sie einen Tee oder ein Glas Wasser?"

„Ein Tee wäre nett", sagte ich, bevor Elias ablehnen konnte. Seit dem Kaffee an diesem Morgen hatte ich nichts mehr zu mir genommen, und nach der Autofahrt brauchte ich dringend etwas Beruhigendes.

Während Ms. Smith in der anliegenden Küche werkelte, setzte sich mich auf das zweite Sofa, das nicht von Elias eingenommen wurde. Als die Frau zurückkehrte und zwei Teetassen vor uns abstellte, schien sie zu zögern und ließ sich dann neben mir nieder.

„Ms. Smith, es tut mir leid, Sie in dieser Angelegenheit belästigen zu müssen. Es ist sicher alles sehr schmerzlich für Sie", begann Elias, und sein ernster Ausdruck überraschte mich.

Die Frau nickte, dann brach sie in Tränen aus, und Elias, der mit so etwas schon gerechnet zu haben schien, reichte ihr ein Taschentuch.

„Danke", schluchzte sie, sichtlich um Fassung bemüht. „Ja, es ist wirklich … Sie sind der Mann, der meinen Marc freibekommen wird, nicht wahr?" Sie sah ihn fast bettelnd an.

„Das hängt von vielem ab, aber zuerst einmal müssen Sie mir erzählen, was in jener Nacht passiert ist."Sie seufzte und legte den Kopf zurück, als könnte sie die

Tränen dadurch dazu bringen, wieder in ihre Augen zu fließen. Vorsichtig tupfte sie sich mit dem Taschentuch die Wangen ab.

„Also, eigentlich war alles wie immer", begann sie zu erzählen. „Marc war hier, wir haben zu Abend gegessen und auf der Couch einen Film geschaut. Nichts Besonderes, aber auch nichts, wofür ich Beweise habe." Sie schluchzte abermals auf, und ich streckte die Hand aus, um sie ihr tröstend auf den Rücken zu legen, doch Elias' strenger Blick brachte mich davon ab.

„Wann ist er gegangen?", fragte er mit einer ruhigen, eindringlichen Stimme.

„Gegen zwanzig vor zehn, ich wusste ja, er muss zurück zu seiner Frau … Wirklich." Sie hob den Kopf und sah uns plötzlich mit einem fast wütenden Blick an. „Ich würde es nicht für unmöglich halten, dass dieses Dreckstück sich selbst umgebracht hat, um es Marc heimzuzahlen."Ich horchte auf. „Warum sagen Sie das?", fragte Elias weiter.

„Sie hat ihn immer runtergemacht, ihm das Gefühl gegeben, dass er nicht gut genug für sie war. Sie kam aus gutem Hause, war auf einer Eliteschule, und er nur jemand, der sich hochgearbeitet hat. Er hat ihr alles geboten, aber für sie war das nie genug."

Die Verachtung, die in ihrer Stimme mitschwang, schien echt, aber etwas an ihren Worten machte mich argwöhnisch.

Während sich Ms. Smith schnäuzte, warf mir Elias einen stummen Blick zu. Auch er schien etwas bemerkt zu haben.

„Kommen wir zurück zu dem Abend, als Mr. Jest hier war", sagte er und stützte die Unterarme auf seine Beine. Leicht vorgebeugt wirkte sein Blick noch durchdringender als ohnehin. Kurz verlor ich mich in seinen braunen Augen, dann konzentrierte ich mich wieder auf Ms. Smith.

„Wie ich bereits sagte, es ist nicht viel passiert. Wir haben gegessen und …"

„Was haben Sie gegessen? Solche Details sind sehr wichtig."

Sie zuckte mit den Schultern, als wäre sie auf die Frage nicht vorbereitet gewesen. „Ich weiß es nicht. Steak. Mit Kartoffeln und Erbsen. Das ist sein Lieblingsgericht."

Ich runzelte die Stirn. Die Polizei musste sie genau diese Details gefragt haben, aber etwas an Elias' Blick schien sie unsicher werden zu lassen.

„Und welchen Film haben Sie dann gesehen?"

Wieder zuckte sie mit den Schultern. „Irgendeine dumme romantische Komödie. Wir haben gekuschelt, ich habe nicht allzu gut aufgepasst."

Elias nickte. „Und um kurz vor zehn ist er dann gegangen? Wissen Sie die genaue Uhrzeit?"

„So etwa zehn vor zehn", antwortete die Frau automatisch. „Ich weiß es noch, weil ich auf die Küchenuhr geschaut habe."

„Die Polizei schätzt, dass der Mord zwischen acht Uhr dreißig und neun Uhr passiert ist", sagte Elias an mich gerichtet. „Das heißt, wenn Mr. Jest hier war, kann er es nicht gewesen sein.",Er war es auch nicht!", sagte die Frau mit Nachdruck. „Mein Marc würde nie so etwas Schreckliches tun. Sicher, er hat die Frau gehasst, aber er war dabei, sich von ihr scheiden zu lassen, das hat er mir versprochen."

Elias öffnete den Mund und schloss ihn dann wieder, als hätte er es sich anders überlegt. „Gut", sagte er dann und stand abrupt auf. „Vielen Dank für Ihre Zeit."

Erstaunt sahen die Frau und ich ihn an. „Wollen Sie nicht noch mehr wissen?", fragte Ms. Smith. „Die Polizei hat alle möglichen Fragen gestellt, und ich will, dass Sie die Details kennen für morgen."Doch Elias schüttelte den Kopf. „Ihre Aussage reicht mir bereits. Noch einmal vielen Dank für Ihre Zeit."

Als wir wieder im Auto saßen, startete Elias den Motor nicht, sondern sah mich an und fragte: „Was denkst du?"

„Sie lügt", sagte ich schlicht, ohne begründen zu können, wie ich auf diese Einsicht gekommen war. Nichts an ihren Aussagen war widersprüchlich gewesen, doch wie sie es gesagt hatte …

Elias nickte zu meinem Erstaunen. „Ja. Sie erzählt eine Geschichte, die sie mit unserem Mandanten abgesprochen hat. Sehr gut erkannt."

Er startete den Wagen. „Das mit der Scheidung stimmt natürlich nicht, es gibt keinerlei Hinweise darauf, dass er einen Anwalt kontaktiert oder sonst etwas getan hat, um die Scheidung in die Wege zu leiten."„Aber warum hat er sie umgebracht, statt sich einfach scheiden zu lassen?", fragte ich. Es war mir unverständlich, wie ein

Mensch auf die Idee kommen konnte, einen anderen zu töten.

Elias hielt zwei Finger hoch. „Aus zwei Gründen. Erstens gibt es keinen Ehevertrag, das heißt, seine Frau hätte die Hälfte von allem bekommen und zudem jeden Monat Unterhalt von ihm, weil sie nicht arbeitet. Zweitens: aus Rache. Was Ms. Smith uns darüber erzählt hat, wie Mr. Jest von seiner Frau behandelt wurde, stimmte. Das konnte man sehen."

Ich nickte.

„Was jetzt?", fragte ich, und Elias grinste, auch wenn er nicht mehr so fröhlich schien wie zuvor. „Wir fahren zum Tatort. Wenn wir uns eine überzeugende Geschichte ausdenken wollen, müssen wir ihn gesehen haben."

„Aber … er hat es getan", protestierte ich schwach.

Elias zuckte nur mit den Schultern. „Meine Aufgabe ist es, meinen Mandanten freizubekommen, dafür werde ich von ihm bezahlt. Nicht, Gerechtigkeit in die Welt zu bringen."

Wieder wollte ich protestieren, doch sein strenger Blick verriet mir, dass es keinen Zweck hatte.

Wir kurvten durch London und hielten dieses Mal vor einem Haus, das unzweifelhaft jemand Wohlhabendem gehörte. Eine Villa war es nicht, aber ein freistehendes Haus, umgeben von einem gepflegten Garten, und mit großen Fenstern, die hier in London so selten waren.

„Gehen wir rein", sagte Elias und stieg aus. Ich folgte ihm.

Gelbes Tape versperrte den Eingang, Crime Scene stand darauf, aber Elias wischte es mit einer Handbewegung weg.

„Wir dürfen hier nicht sein, richtig?", fragte ich einem bemüht gelassenen Ton, und Elias grinste mich an. Dann streckte er die Hand aus, und das Schloss öffnete sich mit einem Klacken. Magie.

„Hast du keine Angst, dass dich jemand erwischt?", fragte ich, während ich hinter ihm ins Innere schlüpfte, ohne deutlich zu machen, worauf ich mich bezog.

„Nein", meinte er nur.

Drinnen roch es muffig, als wäre schon lange nicht mehr gelüftet worden.„Wie lange liegt der Mord eigentlich zurück?", fragte ich und versuchte mein Gruseln zu unterdrücken, das mich in der Stille um uns herum überkam. Unwillkürlich hielt ich nach Blutflecken auf dem sauberen weißen Teppich Ausschau, der sich durch den Flur und eine Treppe hinaufzog.

„Ein paar Monate", sagte Elias, während er sich neugierig umsah.

„Und du beschäftigst dich erst jetzt damit?", fragte ich entgeistert. Ich hatte in der Uni gelernt, das vor allem so wichtige Fälle wie Mordfälle Wochen, wenn nicht gar Monate an Vorbereitung brauchten, aber Elias zuckte nur mit den Schultern.

„Die Zeit reicht vollkommen aus, um sich ein Bild zu machen."

Ich gab keine Antwort, sondern sah mich ebenfalls um.

An den Wänden hingen Fotos, die nicht nahelegten, dass mit der Ehe der Jests irgendetwas nicht stimmte. Die verstorbene Frau war eine blonde Schönheit gewesen, und auf den Fotos strahlte sie mit weißen Zähnen in die Kamera. Deutlich zeichneten sich ihre Kurven unter Sommerkleidern an einem Strand irgendwo in der Karibik ab, und blaue Augen lachten mich an.

Sie musste Ende dreißig, Anfang vierzig gewesen sein, schätzte ich von den Fotos. Auf jeden Fall viel zu jung, um zu sterben. Wenn man jemals alt genug dafür war.

Elias ging durch den Flur in ein makelloses Wohnzimmer. Eine cremefarbene Sitzecke war so eingerichtet, dass sie auf den riesigen Fernseher zeigte, der an der Wand hing. Mahagoniregale mit Glastüren deuteten den Reichtum an, der hier das Leben bestimmt hatte, und Bücher in Ledereinbänden reihten sich darin aneinander.

Ein Flügel stand in der Ecke, und zu meiner Überraschung setzte sich Elias daran, klappte ihn auf und spielte eine langsame Melodie. Dabei schloss er die Augen und schien an etwas zu denken, denn ein trauriges Lächeln zuckte über sein Gesicht.

Ich machte einen Schritt nach vorne, um ihn zu berühren, ich konnte nicht anders. Bevor meine ausgestreckte Hand ihn erreichte, öffnete er die Augen und klappte den Flügel wieder zu.

„Ein gutes Instrument", sagte er dann anerkennend, und ich lächelte gequält, um meine Verlegenheit zu überspielen. „Ach, Pianist bist du auch noch?"

Er grinste. „Ich bin alles, was du dir vorstellen kannst. Und wahrscheinlich noch mehr."

Ich ließ die Andeutung im Raum stehen, spürte aber, wie mir das Blut in die Wangen schoss.

Er setzte seine Erkundungstour fort. Die Küche bestand aus Marmor und war geschmackvoll eingerichtet.

„Und Mrs. Jest war Hausfrau?", fragte ich.

Elias nickte. „Eine ziemliche Verschwendung, wenn du mich fragst. Sie hat Politik und internationale Beziehungen in Oxford studiert und hätte selbst Karriere machen können. Aber es sieht so aus, als hätte sie das lieber ihrem ungebildeten Ehemann überlassen – mit dem Ende, das wir jetzt haben." Er rieb sich die Hände. „Lass uns zum Tatort gehen. Das Schlaf-zimmer."

Mein Herz begann schneller zu schlagen, und ich folgte ihm langsam ins obere Geschoss. Die Tür zum Schlafzimmer stand offen, und ich warf erst einen Blick hinein, in der Angst, ein blutbesudeltes Bett zu erblicken.

„Sie ist erdrosselt worden", meinte Elias, der meinen vorsichtigen Blick bemerkt hatte. „Und die Leiche lag hier auch nicht lange. Du brauchst dir also keine Sorgen zu machen."

Ich glaubte einen leicht spöttischen Unterton aus seiner Stimme herauszuhören, aber ignorierte es. Das Schlafzimmer war ebenso aufgeräumt wie die Küche, und ein großer Schrank zog sich über eine der Wände. Ich sah Elias und mich im Spiegel in der Tür, wie wir nebeneinanderstanden, den Blick voneinander abgewandt, und die Erinnerung an unsere gemeinsame Nacht durchzuckte mich.

Das Bett war gemacht worden, wohl nach dem Mord, denn nichts deutete darauf hin, dass sich eine Leiche darin befunden hatte.

Elias prüfte die Fenster. „Laut Polizei stand eines der Fenster offen, als Mr. Jest nach Hause gekommen ist", bemerkte er. „Aber es gab keine Spuren von Gewaltanwendung, und nur die Fingerabdrücke der beiden Ehepartner waren am Griff. Das heißt also, entweder stand das Fenster schon offen, als die Einbrecher ins Haus gekommen sind, oder unser Mandant hat gelogen."Er öffnete eines der Fenster und blickte nach draußen. Ich stellte mich neben ihn, sodass ich seinen Duft nach Meer und Holz riechen konnte. Am liebsten hätte ich ihn angesehen, aber zwang mich, stattdessen nach unten zu blicken. Ein Vordach befand sich direkt unter dem Fenster.

„Über das Dach könnten sie gekommen sein", sagte Elias nachdenklich. „Nun gut. Es wurde auch nichts gestohlen oder durchwühlt. Wenn Mr. Jest also darauf besteht, dass es Einbrecher waren, dann waren es sehr schlechte Einbrecher. Trotzdem." Er schien nachzudenken und rieb sich das Kinn. „Für eine Geschichte reicht es. Wir müssen ja nur genügend Zweifel säen. Ansonsten kann man sich auch darauf berufen, dass es die unternehmerischen Feinde unseres Mandanten waren, die alles geplant und ihm dann in die

Schuhe geschoben haben."

Ich wollte wieder protestieren, dass wir keinen Mandanten verteidigen sollten, der tatsächlich ein Mörder war, aber sparte mir die Worte. Elias' nachdenklicher Ausdruck zeigte, dass er bereits dabei war, sich eine Geschichte auszudenken.

Wir verließen das Haus schweigend, ich, weil ich an die Tote dachte, Elias bestimmt, weil er noch mit seiner Lüge beschäftigt war. Inzwischen war es Abend, und ich sah die Sonne rot über der Themse untergehen, als wir zurück zum Büro fuhren.

„Wann ist die Verhandlung morgen?", fragte ich in die Stille hinein.

„Um neun fängt es an. Aber wir haben heute noch einiges zu tun."

Ich sah ihn entsetzt an. Insgeheim war ich davon ausgegangen, dass unsere Arbeit nun beendet war und ich ausnahmsweise früher zu meinem Training kommen würde.

„Zuerst werden wir die Akten lesen, dann sind wir mit einem Klienten zum Abendessen verabredet", erklärte mir Elias und sah mich bedeutungsvoll an. „Oder hast du etwas anderes vor?"

Ich überlegte, ihm eine Lüge aufzutischen, aber entschied mich dann dagegen. „Nein", sagte ich.

„Sehr gut."

Zurück im Büro sah ich, dass Mary und viele der anderen bereits gegangen waren, und beneidete sie um ihren frühen Feierabend. Ich schrieb eine Nachricht an

Patricia, dass ich noch lange beschäftigt sein würde.

Was machst du?, fragte sie zurück. *Brauchst du Hilfe?*

In knappen Sätzen erzählte ich ihr, was an diesem Tag passiert war, und dass ich bis spät abends bei einem Abendessen mit einem Klienten sein würde.

Dann lassen wir das Training heute ausfallen, antwortete sie zu meiner Erleichterung. *Sag mir, in welches Restaurant ihr geht, dann wirst du abgeholt.*

Das erschien mir ein wenig überfürsorglich, aber wenn Patricia eines war, dann vorsichtig.

Ich versprach ihr, mich zu melden, und wandte mich dann dem Stapel an Akten auf meinem Schreibtisch zu. Gerade hatte ich die erste Seite aufgeschlagen, als ich ihn um die Ecke biegen sah. „Wo bleibst du?", fragte er unwirsch. „Wir haben viel zu tun."

Ich war davon ausgegangen, dass ich die Akten an meinem Schreibtisch bearbeiten sollte, aber sein Ausdruck machte unmissverständlich klar, dass er von mir erwartete, in seinem Büro zu sitzen. Also klemmte ich mir den Berg von Papier unter den Arm und folgte ihm wie ein treues Hündchen.

In seinem Büro gab es nur zwei Sitzgelegenheiten, den Sessel vor seinem Schreibtisch und seinen Bürostuhl. Er wies auf den Sessel.

„Sag mir, wenn du irgendetwas Interessantes findest, das wir für die Verteidigung brauchen könnten. Ich denke, wir werden die Geschichte von den Einbrechern erzählen, das ist einfacher, weil es dann keinen anderen Schuldigen gibt."

Ich schlug die erste Seite auf und blickte missmutig auf die kaum zu entziffernde Handschrift eines Polizisten. Es handelte sich um ein Vernehmungsprotokoll mit unserem Verdächtigen, und ich begann zu lesen.

Mir gegenüber hatte sich Elias die andere Hälfte des Stapels vorgenommen und blätterte eine Seite nach der anderen um.

„Du musst schneller sein", wies er mich an, und ich stellte sicher, dass mein Abwehrzauber noch intakt war, bevor ich dachte: sicher, Arschloch.

Immerhin, hier musste ich mich nicht zurückhalten. Ich konzentrierte mich und stellte auf meinen Schnelllesemodus um. Eine Zeitlang war nur das Rascheln des Papiers zu hören, als wir eine Seite nach der anderen umblätterten, viel zu schnell, um sie zu lesen, aber dank unserer Fähigkeiten nicht zu schnell, um den Inhalt zu erfassen.

Ich schlug die Akte zu und sah Elias an. „Im Prinzip erzählt Mr. Jest hier genau das gleiche, was uns seine Freundin schon erzählt hat: Er ist an dem Abend bei ihr gewesen, sie haben etwas gegessen und Fernsehen geschaut, bevor er gegen zehn nach Hause gefahren ist."

Ich machte eine Pause.

„Und, glaubst du ihm?", fragte Elias, ohne von seiner Arbeit aufzusehen oder auch nur darin innezuhalten, die Seiten umzublättern.

Ich horchte tief in mich hinein. Die Erzählung war so banal gewesen, dass sie wahrscheinlich klang. Dann beteuerte der Angeklagte zudem, seine Frau geliebt zu haben, und nichts mit ihrem Tod zu tun gehabt zu haben. Immer wieder, stand es im Protokoll, musste das Verhör unterbrochen werden, damit Mr. Jest sich sammeln konnte.

Trotzdem … da war ein leichtes Kribbeln unter meiner Haut, das entstand, als ich seine Worte las.

„Er lügt", sagte ich schlicht. „Frag mich nicht, woher

ich es weiß, aber ich weiß es."Elias nickte. „In Ordnung."

Dann sagte er nichts mehr dazu, sondern zeigte nur auf die nächste Akte. „Weiter."

Ich blätterte mich auch durch die nächste Akte, aber egal, wie viel ich aufnahm, in meinem Kopf sammelten sich die Fakten zu einem immer gleichen Bild.

„Er hat es getan", sagte ich mit aller Überzeugung, die ich aufbringen konnte, als ich die letzte Akte zuschlug.

„So weit war ich schon", antwortete Elias, den Blick noch immer auf die säuberliche Handschrift vor ihm gerichtet. Dann hob er den Kopf und sagte mit einem Seufzen: „Du bist wirklich keine große Hilfe. Nun gut. Überlass den Rest mir, wir müssen uns beeilen, um rechtzeitig zum Essen zu kommen."

Er sah an mir herunter und seufzte abermals. „Da du keine vernünftigen Klamotten zu besitzen scheinst, muss ich dich eben so mitnehmen."

Ich wollte protestieren, aber wurde dann von der Erinnerung an unsere Zeit in Boston aus der Bahn geworfen. Das schöne Kleid, und wie er es mir von den

Schultern gestrichen hatte …

„Träumst du?", fragte Elias, der bereits in seinem Mantel an der Tür stand und sie aufhielt. Ich sprang auf die Füße und folgte ihm.

Kapitel 14

Im Wagen erklärte mir Elias die Situation. „Der Klient möchte sich eventuell mit uns zusammentun, damit wir für seine Firma ein paar Verträge durchsehen." Er verzog den Mund. „Nichts, was mich persönlich interessiert, aber dafür habe ich ja Mitarbeiter. Da er uns eine Menge Geld bietet, bin ich ein bisschen gespannt, was es mit diesen Verträgen auf sich hat."

Ich nickte, hörte aber nur mit halbem Ohr zu. Am liebsten wäre ich nach Hause gefahren und hätte mich auf mein Bett geworfen. So viel Zeit mit Elias zu verbringen strapazierte meine Nerven, denn was auch immer er tat, er sah verboten gut dabei aus. Gleichzeitig brach immer wieder eine gewisse Vertrautheit durch seine kühle, ablehnende Art, die mich verwirrte. Ich brauchte dringend eine Pause, um nachzudenken.

Als wir vor dem Restaurant hielten, sah sogar ich ein, dass meine Kleidung nicht angemessen war. Ein Portier wartete am Eingang auf uns, und schwere Samtvorhänge rahmten die vielen Fenster ein. Drinnen standen nur einige wenige Tische in gebührendem Abstand voneinander, gedeckt mit viel zu vielen Gabeln und Messern, mehreren Weingläsern und einem Strauß Blumen.

Die Wände waren mit schwarzem Stein verkleidet und wirkten kühl, aber stilvoll. Als ich mich an den Tisch setzte, zu dem uns der Portier führte, zog der Mann meinen Stuhl zurück. Beinahe hätte ich mich in die leere Luft gesetzt, doch gekonnt schob er mir den Stuhl wieder unter den Hintern.

Etwas beschämt blickte ich auf das viele Besteck und versuchte mich daran zu erinnern, was ich bei Pretty Woman gelernt hatte. Von außen nach innen, sagte ich mir. Aus den Augenwinkeln sah ich, wie Elias grinste, als er meinen verwirrten Blick bemerkte.

„Du wirst das schon hinbekommen", meinte er.

Unser Klient kam kurz nach uns, ein etwas beleibter Mann in seinen Fünfzigern. Er trug einen schweren Mantel mit Pelzbesatz, den ihm der Kellner sofort abnahm, um damit irgendwohin zu verschwinden. An seinen Fingern glänzten ein goldener Siegelring und ein etwas schlichterer Ehering.

„Ah, Mr. Gernaut." Elias stand zur Begrüßung auf, und ich tat es ihm nach. „Das hier meine Assistentin Elisabeth Davis, ich hoffe, es stört Sie nicht, dass ich sie mitgebracht habe."

Der alte Mann musterte mich, dann grinste er ein Grinsen, das beinahe anzüglich wirkte. „Nein, nein, je mehr, desto fröhlicher, sagte ich immer."

Falls Elias das Grinsen des Mannes bemerkt hatte, sagte er nichts dazu.

Was folgte, war ein Abendessen, das in seiner Langeweile kaum zu übertreffen war. Elias und der

Mann machte endlosen Smalltalk, bei dem sich Elias nach der Frau und den Kindern erkundigte, einige Kommentare zum letzten Urlaub des Mannes machte und selbst wenig von sich preisgab.„Wann werden Sie endlich heiraten?", fragte Mr. Gernaut mit vollem Mund. Der Kellner hatte Brot und Lachsbutter gebracht, und ich war dabei, mich schon vor dem ersten Gang des Sieben-Gänge-Menüs vollzustopfen.

Mit der Gabel deutete der Mann auf mich. „Sie haben hier doch eine wahnsinnig attraktive Assistentin, warum machen Sie nicht ihr den Hof?"

Elias lachte. „Ich halte mein professionelles und mein privates Leben gern getrennt."

Was für eine Lüge. Ich kaute auf dem Brotstück herum, das vorzüglich schmeckte, und versuchte, kein böses Gesicht zu machen.

„Ah, ich kann Ihrer Freundin hier ansehen, dass sie das eventuell anders sieht", meinte Mr. Gernaut, und ich verschluckte mich beinahe.„Nein, nein", beeilte ich mich zu sagen. „Ich habe auch kein Interesse."

Ich befürchtete, dass man mir die Lüge ansah, aber weder Elias noch unser Klient ließen es sich anmerken. Nur, als der Mann zur Seite sah, um den Kellner auf sein leeres Wasserglas aufmerksam zu machen, sah Elias mich mit einem kleinen Grinsen an, das alles bedeuten konnte.

Das Gespräch wandte sich bald anderen Dingen wie dem Essen zu, das uns nach und nach und in Begleitung des passenden Weines serviert wurde. Ich machte den

Fehler, mein Weinglas zu leeren, und irgendwann musste ich mich zwingen, meine Worte nicht zu vernuscheln. Dabei waren wir erst beim vierten Gang.

Mein Handy vibrierte, und ich entschuldigte mich, um auf die Toilette zu gehen. Eine Nachricht von Patricia: *Wo seid ihr?*

Ich überlegte und schaffte es, den Namen des Restaurants aus meinem inzwischen benebelten Gehirn hervorzukramen. Kaum hatte ich meine Nachricht abgesendet, kam von ihr bereits eine Antwort. *Danke. Du wirst in einer dreiviertel Stunde abgeholt.*

Mehr nicht. Ich wusch mir die Hände und überlegte, ob ich in dem Fall das Dessert verpassen würde.

Am Tisch hatte sich das Gespräch endlich den Verträgen zugewandt, und ich musste mir Mühe geben, nicht zu gähnen.

Offenbar verdächtigte Mr. Gernaut einen seinen Mitarbeiter, Verträge zu seinem Nachteil und zum Vorteil einer Firma abgeschlossen zu haben, die einem Cousin gehörte. Elias versprach natürlich, dass man sich eingehend darum kümmern würde.

Irgendwann entschuldigte sich Mr. Gernaut ebenfalls auf die Toilette und machte sich leicht schwankend auf den Weg dorthin. „Wie findest du das Essen?", fragte Elias mich in einem ungezwungenen Ton.

„Ich kann mir nicht vorstellen, dass der ganze Wein keinen Einfluss auf dich hat", brach es aus mir hervor. Inzwischen drehte sich die Welt ein wenig, und ich konnte es kaum erwarten, aus dem warmen Restaurant ins Kühle zu kommen.

Er zuckte mit den Schultern. „Wenn ich es nicht will, dann tut er das nicht." Er hob dabei beide Augenbrauen, um mir klarzumachen, dass ich ebenfalls diese Wahl hatte.

„Warum erzählst du mir das alles? Warum schleppst du mich durch die Weltgeschichte und tust so, als ob …" Aus den Augenwinkeln sah ich, wie sich Mr. Gernaut uns wieder näherte.

Elias' Gesicht verhärtete sich, aber er antwortete nicht, sondern sagte laut, während sich unser Klient umständlich wieder setzte: „Ja, der Fisch war bisher auch mein Favorit, meinen Sie nicht auch, Mr. Gernaut?"

Der Angesprochene nuschelte eine Antwort, und ich sah fassungslos zu, wie das Gespräch weiterlief, als wäre nichts passiert.

Irgendwann, nahm ich mir vor, würde ich Elias zur Rede stellen, aber jetzt war nicht der geeignete Augenblick dafür, das ich sah sogar in meinem benebelten Zustand ein.

Für den Rest des Abendessens schwieg ich und antwortete nur einsilbig, wenn ich angesprochen wurde.

Endlich kam auch das Dessert – ein „dekonstruierter Käsekuchen", wie uns der Kellner uns informierte – und der Moment meiner Erlösung rückte näher.

„Ich muss bald los", sagte ich mit einem Blick auf die Uhr. „Jemand holt mich ab." Ich ließ es absichtlich vage, denn ich wusste ja selbst nicht, wer mich letztendlich erwartete.

Elias beugte sich leicht zu mir herüber und sagte: „Schade, ich hatte dich noch nach Hause fahren wollen." Er lächelte leicht. Von der anderen Seite des Tisches kam ein Lachen. „Sie können mir doch nicht erzählen, dass da zwischen Ihnen nichts läuft", sagte Mr. Gernaut amüsiert, ein Stück des dekonstruierten Käsekuchens auf der Unterlippe.

„Nein, nein, ich sorge mich nur um meine Mitarbeiterin. Sie wohnt in einer schlechten Gegend", erwiderte Elias mit einem charmanten Lächeln.

Ich wollte protestieren, dass ich keineswegs in einem schlechten Stadtteil wohnte, aber war dann klug genug, es mir zu verkneifen. Bestimmt wollte Elias nur herausfinden, wo ich wohnte, um Jassy und mir aufzulauern.

„Das ist sehr ... rührend von Ihnen", sagte unser Klient und wackelte mit den Augenbrauen. Ich beschloss, es unkommentiert zu lassen.

Elias übernahm großzügig die Rechnung, die er mit seiner schwarzen Visacard zahlte. Alles andere hätte mich in Verlegenheit gebracht.

Draußen verabschiedeten wir uns von unserem Klienten, der versprach, sich nächste Woche mit den Details zu melden, und dann gefährlich zu seinem Wagen wankte.

„Der wird doch nicht selbst noch fahren?", fragte ich entsetzt, doch offenbar hatte Mr. Gernaut genau das vor. Zumindest setzte er sich auf den Fahrersitz, startete den

Motor seines Mercedes und schaffte es sogar, ohne einen Unfall aus der Parklücke zu kommen.

„Seine Sache", meinte Elias mit einem Schulterzucken. „Ich werde auch gleich fahren."

Als ich nicht darauf reagierte, beugte er sich leicht vor und meinte mit einem Grinsen: „Oho? Keine Einwände?"

„Bei dir ist das was anderes. Du bist ja ..." Ich sprach es nicht aus.

Wieder sah ich auf mein Handy, aber ich hatte keine weitere Nachricht von Patricia erhalten. Wo blieb meine Eskorte? Elias schien darauf zu bestehen, mit mir zu warten. Ich hatte ein ungutes Gefühl bei dem Gedanken. Auf keinen Fall durfte Patricia hier auftauchen, sonst würde Elias eins und eins zusammenzählen.

„Du wolltest vorhin etwas sagen", meinte Elias und sah mich von der Seite an.

„Ich meinte nur ..." Doch bevor ich den Satz zu Ende sprechen konnte, hielt ein Auto direkt vor uns. Liam öffnete die Tür, ließ aber den Motor laufen, während er auf mich zukam und mich unter dem überraschten Blick von Elias umarmte.

„Lizzy!", begrüßte er mich, und die Freude in seinem Gesicht schien echt.

Ich hatte Jassy oder Patricia erwartet, nicht Liam, versuchte meine Überraschung aber in der Umarmung zu verstecken.

„Wer ist das denn?", fragte Elias, und ich konnte seiner Stimme nicht entnehmen, ob er es abfällig oder ernsthaft verblüfft meinte.

„Liam. Mein Freund", sagte ich, einer Laune folgend. Ich glaubte zu sehen, wie sich Elias' Gesichtszüge verhärteten, doch in der nächsten Sekunde hatte er sich wieder gefangen.

„Sehr erfreut. Ich bin Elias Jordans", sagte er und streckte die Hand aus. „Elisabeths Boss."

Liam schüttelte die Hand, doch sein Lächeln erstarrte. „Wir bringen dich besser nach Hause", sagte er, und ich war ihm dankbar dafür.

Elias verabschiedete sich mit einer leichten Verbeugung. „Es war mir eine Freude. Bis morgen."

Dann ging er zu seinem Wagen. Für eine Sekunde erlaubte ich es mir, seine Figur ganz genau in Augenschein zu nehmen.

„Bist du betrunken?", fragte Liam mit einem Grinsen, und ich nickte. „Es gab Wein zum Essen. Ich bin vollgefressen und ein bisschen beduselt."

Er hielt mir die Wagentür auf, und ich setzte mich dankbar auf den Beifahrersitz. Das Auto war im Vergleich zu Elias' Wagen nichts Besonderes, doch hatte den Charme eines Vehikels, in dem der Besitzer viel Zeit verbrachte. Eine Decke lag auf dem Rücksitz, und Liam deutete mit dem Daumen darauf. „Brauchst du was Wärmeres?"

„Nein, danke, der Alkohol wärmt mich von innen", sagte ich und kuschelte mich in den Sitz.

„Patricia und Jassy sind auf einer Mission", erklärte Liam und zog bedeutungsvoll die Augen hoch.

„Deswegen haben sie mich geschickt, um dich abzuholen."

Wir hatten kaum die Straße verlassen, da fragte er auch schon: „Das ist dein Boss? Der Karan?"

Ich nickte, beschämt, weil ich wieder an Elias' Rückseite dachte.

„Vielleicht kannst du mir helfen", sagte ich, einer Eingebung folgend. „Wir müssen morgen einen Mörder verurteilen, und ich bin mir sicher, dass er es getan hat. Aber Elias will irgendeine Geschichte erzählen, und ich weiß, dass er als Karan die Jury und die Richter davon überzeugen kann, dass sein Mandant es nicht getan hat." Flehend sah ich Liam an. „Was soll ich tun?"

Liams Gesicht verdunkelte sich. „Karan-Anwälte sind die schlimmsten, sie können einfach jeden freibekommen, wenn sie nur wollen. Ich befürchte, wir können nicht viel machen. Wenn du plötzlich aufstehst und ,Er war's!' durch den Gerichtssaal brüllst, ist damit auch niemandem geholfen. Aber ich werde in Zukunft ein Auge auf den Typen haben, wenn er tatsächlich freikommt, und ihm das Leben unangenehm machen."

Ich nickte. Das wäre immerhin etwas.

„Wo wohnst du?", fragte Liam mich, und erst jetzt fiel mir auf, dass wir ziellos durch die Gegend fuhren. „Tut mir leid", entschuldigte er sich. „Ich wollte einfach nur so schnell wie möglich von diesem Karan weg. Und", fügte er mit einem Blick in den Rückspiegel hinzu, „sichergehen, dass er uns nicht folgt."

Daran hatte ich gar nicht gedacht. Ich drehte mich um,

aber die Straße hinter uns war frei.

Einem Gefühl folgend sagte ich: „Ich will noch gar nicht nach Hause."

Liam grinste. „Nun gut. Wenn es für dich in Ordnung wäre, würde ich gern noch etwas essen. Ich bin den ganzen Tag noch nicht dazu gekommen, und irgendwie hätte ich Lust auf etwas Warmes."

„Ich bin raus", winkte ich ab. „Aber ich leiste dir gern Gesellschaft, während du isst."

Er nickte. „Ich kenne einen guten Pub hier in der Nähe."

Wir hatten den feinen Teil Londons verlassen und waren nun in einer Gegend mit Wohnhäusern, die sich in dunkler Einheit am Straßenrand entlangzogen. In einigen der Fenster brannte Licht, und ich fragte mich unwillkürlich, was für Menschen dort wohl leben mochten. Wieder hätte ich gern bei ihnen geklingelt und ihnen ins Gesicht geschrien, dass ihr ganzes Leben eine Lüge war, dass es Magier gab, die dafür sorgen konnten, dass Mörder frei herumliefen. Ich seufzte und lehnte mich in den Sitz zurück. Von der Seite her sah ich Liam an. Er hatte ein vergnügtes Grinsen auf dem Gesicht, und ich fragte mich, woran er wohl dachte. Keine Sekunde später erfuhr ich es.

„Ich bin also dein Freund", sagte er mit einem breiten Grinsen. „Das wusste ich ja noch gar nicht."

Meine Wangen wurden heiß, und ich sah zur Seite. „Das habe ich nur so gesagt. Sorry, dass ich dich da mit hineingezogen habe, aber den ganzen Abend über hat

213

unser Klient so Andeutungen gemacht. Da musste ich eine klare Grenze ziehen.",,Es stört mich nicht", sagte Liam, jetzt wieder ernster. „Was auch immer du brauchst, um dich von diesem Karan fernzuhalten."

Ich fragte mich, ob Patricia und Jassy ihm ebenfalls von meinem Träumen erzählt hatten, und, Gott bewahre, ob Jassy meine kleine Episode in Boston auch wirklich für sich behalten hatte.

Aber Liam schien keine Hintergedanken zu haben, er kam mir auch nicht wie der Typ dafür vor.

Wir hielten vor einem traditionellen englischen Pub mit einem schweren Holzschild über der Tür. Bunte Glasfenster gaben einem schon von draußen das Gefühl, man würde durch den Boden einer Flasche schauen, und drinnen gingen die meisten dem wohl auch nach.

Es war schummerig in der Kneipe, aber nicht zu voll. Einige Gestalten, die den Anschein von Stammkunden machten, hingen auf Barhockern herum oder saßen in einer der Nischen, wo Bänke mit grünem Stoff bezogen dem Ganzen eine heimelige Atmosphäre gaben.

Zusammen mit Liam setzte ich mich auf einer dieser Bänke und betrachtete das Treiben um mich herum. Wie in vielen Pubs in England lief laute Musik, und gebrüllte Gespräche fanden darüber statt.

„Möchtest du noch etwas trinken?", fragte Liam, der bereits wieder aufstand, um zur Bar zu gehen. Service am Tisch gab es hier offenbar nicht.

„Eine Limo", sagte ich, wohl wissend, dass ich keinen Schluck Alkohol mehr vertrug.

Liam kam mit einem Glas Limo für mich und einem großen Bier für sich selbst zurück. „Eigentlich müsste ich ja ein Vorbild sein und nicht trinken und dann Auto fahren, aber ich werde nicht betrunken", meinte er mit einem Schulterzucken. „Das musst du mir unbedingt beibringen", meinte ich durch den Nebel in meinem Kopf hindurch. Immerhin musste ich mich inzwischen nicht mehr konzentrieren, um nicht zu lallen.

„Du musst noch …", begann er, und ich fiel ihm ins Wort: „… viel lernen. Ich weiß."

Wir lachten, und ich merkte, wie ich mich entspannte. In diesem Pub fühlte ich mich viel wohler als in dem gehobenen Restaurant zuvor, und ich genoss es, einfach nur die Leute um mich herum zu betrachten und mich nicht anstrengen zu müssen, mit dem Gespräch Schritt zu halten.

„Es ist gemütlich hier", meinte ich zu Liam, der nickte. „Ich komme gern hier her. Normalerweise gehen wir nach dem Dienst noch in einen Pub und da landen wir oft hier."

„Sind einige der anderen Polizisten auch Aydin?", fragte ich interessiert.

Er schüttelte den Kopf. „Nein, es sind ganz normale Menschen, die Familie haben und am Wochenende für den Sonntagsbraten in einen Pub gehen."

In meinem gegenwärtigen Zustand stellte ich mir das himmlisch vor. Ein ganz normales Leben … bis vor zwei Wochen hatte ich das auch gehabt, aber es kam mir wie eine Ewigkeit vor.

„Wie war es, in einer Familie aufzuwachsen, wo jeder
… du weißt schon." Ich wollte nicht offen über Magie
reden, auch wenn die Wahrscheinlichkeit sehr gering

war, dass uns jemand über die dröhnende Rockmusik
verstand.

„Oh, ich kenne es nicht anders, also war es für mich
ganz normal", sagte Liam mit einem Schulterzucken.
„Wenn man von den Streichen absieht, die ich meinen
älteren Geschwistern gespielt habe."

Er grinste breit. „Wir sind öfters umgezogen, damit uns
niemand auf die Schliche kommt, aber meine Eltern
haben alles getan, damit wir wie eine normale englische
Familie wirken. Bürojobs und so etwas, auch wenn es
uns nie an Geld gemangelt hat. Sie haben es aber nicht
übertrieben." Er nahm einen großen Schluck von seinem
Bier, und ich nippte an meiner Limonade. „Eigentlich
komme ich aus der Gegend um Manchester, aber es hat
mich dann nach London verschlagen, weil ich mir
dachte, dass hier das Leben tobt. Verbrecher gibt es hier
wie dort, und ich mag es, meine Fähigkeiten
einzusetzen, um sie hinter Gitter zu bringen." Sein Blick
verdunkelte sich. „Wenn nicht gerade ein Karan dafür
sorgt, dass sie doch wieder frei rumlaufen."

Ich blickte auf meine Hände, noch immer von dem
Wunsch beseelt, irgendetwas dagegen zu tun, dass Elias
morgen einen Freispruch für diesen Kerl aushandelte.

„Vertrau deinen Instinkten", riet Liam mir, der meinen
inneren Kampf auf meinem Gesicht gesehen haben

musste. „Aber sei vorsichtig. Auf keinen Fall willst du dich als Aydin zu erkennen geben. Nicht vor einem Karan."„Ich befürchte, er weiß es schon", murmelte ich.

Liam zog beide Augenbrauen hoch. „Wie das?"

„Ich bin auf einer Geschäftsreise nach Boston von einem Karan angegriffen worden", fasste ich es zusammen. Die lange Version würde ich ihm vielleicht auch irgendwann einmal erzählen, ohne die pikanten Details natürlich. „Und ich habe mich gewehrt. Dann ist Elias aufgetaucht und hat mich vor dem Karan gerettet."

„Er hat dich gerettet?" Liam starrte mich an. „Wieso … wieso das denn?"

„Ich weiß es nicht. Patricia meint, dass er mich vielleicht auf seine Seite ziehen möchte, aber ich bin mir nicht sicher." Ich zuckte mit den Schultern. „Keine Ahnung. Ich verstehe nichts von dem, was er tut."

„Interessant." Liam sah mich etwas schief an. „Und warum ausgerechnet dich?"

Offenbar hatten ihm Patricia und Jassy noch immer nicht mitgeteilt, dass ich die Prinzessin war – angeblich – und ich würde es nicht tun. Also zuckte ich nur mit den Schultern und grinste schief zurück. „Weil ich so gut aussehe?"

Er lachte laut auf. „Das tust du in der Tat", sagte er, aber es klang mehr nach einem ehrlich gemeinten Kompliment als nach einer plumpen Anmache. Dann sah er mich an, als würde er mich zum ersten Mal richtig sehen. „Besonders deine Augen sind wunderschön", meinte er bewundernd.

„Danke", murmelte ich etwas verlegen. Dann, um etwas zu sagen: „Du siehst auch gut aus. Natürlich. Alle Aydin sehen gut aus."

Er lachte. „Ich habe meine Geschwister früher immer damit aufgezogen, dass sie wie normale Menschen aussehen, aber natürlich stimmt das nicht. Trotzdem hat es meine Schwestern ordentlich geärgert." Er legte den Kopf schief, und an ihm sah die Geste niedlich aus, wie bei einem kleinen Hündchen, das sein Herrchen erwartungsvoll um ein Leckerli bittet.

„Was hältst du eigentlich von Patricia?", fragte er dann vorsichtig. Ich wusste nicht, was ich darauf entgegnen sollte. „Sie ist … sie ist eine gute Kameradin", sagte ich langsam. „Aber sehr streng. Manchmal habe ich Angst vor ihr."„Ich auch!", sagte Liam und riss die Augen auf, sodass ich lachen musste. „Ist sie eine der Alten?"

„Wenn du damit Aydin meinst, die im letzten Krieg gekämpft haben, dann ja."Liam nickte verständnisvoll. „Das erklärt einiges. Meine Eltern waren auch Alte, und sie alle haben etwas … Vorsichtiges an sich. Ich will nicht verbittert sagen, aber …"

„Verbittert ist vielleicht ein etwas hartes Wort, aber abgesehen davon stimme ich dir zu", sagte ich.

Endlich kam der Barmann und brachte Liam seine Fish & Chips. Ich konnte es mir nicht nehmen, eine der Pommes zu stehlen, und es tat gut, nach dem ganzen dekonstruierten Essen etwas Einfaches mit Fett und Salz zu mir zu nehmen.

Liam aß schweigend, und ich beobachtete ihn dabei. Er

hatte etwas Lockeres, Natürliches an sich, das es angenehm machte, in seiner Nähe zu sein. In den letzten zwei Wochen hatte mir genau das gefehlt: jemand, mit dem ich einfach nur herumhängen konnte, ohne das Gefühl zu haben, etwas beweisen zu müssen.

Er musste meinen Blick bemerkt haben, denn er sah mich interessiert an und fragte: „Ist etwas? Habe ich Ketchup im Gesicht?"Ich lachte und schüttelte den Kopf. Es tat gut, über so etwas Dummes zu lachen, und ich wünschte mir für einen Augenblick, wir könnten hier für immer sitzen, über Nichtigkeiten reden und die Welt dort draußen vergessen.

Dann vibrierte mein Handy, und ich sah eine Nachricht von Jassy. *Wo bist du? Ist alles in Ordnung?*

Keine Sorge, sitze in einer Bar mit Liam und lasse mich volllaufen, antwortete ich, aber meinte dann: „Ich befürchte, ich muss doch bald nach Hause. Jassy macht sich schon Sorgen."

„Ist Jassy auch eine der Alten?", fragte Liam, und ich nickte. Er sah mich erstaunt an. „Sie wirkt gar nicht so."

Ich zuckte mit den Schultern.

Wir verließen den Pub und traten in die frische Nachtluft. Ich ließ die Kneipe mit Bedauern hinter mir, und Liam schien es mir anzusehen, denn er meinte: „Am Samstag habe ich frei, vielleicht können wir alle zusammen weggehen. Ich kenne einige gute Clubs in London."

Tatsächlich schaffte ich es durch meine Erschöpfung hindurch Begeisterung dafür aufzubringen. „Sehr gern!"

Wir redeten noch ein wenig über meine Arbeit, und der Weg nach Hause verflog im Nu. Als wir uns mit einer Umarmung verabschiedeten, hatte ich das Gefühl, als drückte Liam mich für einen Augenblick länger als nötig an sich, aber vielleicht bildete ich es mir nur ein. Trotzdem war ich versucht, ihn nach oben einzuladen, um noch etwas Zeit mit mir und Jassy zu verbringen. Bevor ich etwas sagen konnte, war er jedoch schon verschwunden, und ich stieg die Stufen zu unserer Wohnung allein nach oben.

Kapitel 15

Als ich am nächsten Morgen vollkommen verkatert in die Küche kam, lachte Jassy mich aus.

„Du weißt, dass du nur einen Kater hast, weil du es so erwartest?", meinte sie amüsiert.

Ich ließ mich ächzend auf einen Stuhl fallen und hielt mir den schmerzenden Kopf. „Wie dumm von mir."Sie stellte eine Tasse Kaffee vor mir ab. „Hier, das wird dir helfen, wieder aufzuwachen, und dann kannst du den Kater auch vergessen."

Zu meiner Überraschung funktionierte es. Während ich Jassy beschrieb, was am Abend zuvor vorgefallen war, ließen meine Kopfschmerzen nach, und auch das flaue Gefühl in meinem Magen verschwand.

„Dann ist heute die Verhandlung von diesem Mörder?", fragte sie, und ihre Stirn runzelte sich besorgt.

Ich nickte. „Aber keine Sorge, ich werde brav den Mund halten und mich nicht zu erkennen geben."

Sie sah mich ernst an. „Versprich es mir. Ja, es ist eine schlimme Situation, zu sehen, wie ein Mörder freikommt, aber sei eine gute Praktikantin und hör einfach nur zu."

Ich gab ihr das Versprechen, und grimmig machte ich mich auf den Weg zum Gerichtssaal.

Dieses Mal kannte ich das Prozedere schon und fand auch den richtigen Raum auf Anhieb. Elias war bereits da, und ich setzte mich zögerlich neben ihn.

„Guten Morgen", begrüßte er mich und musterte mich kritisch. Ich fühlte mich wesentlich besser als noch am Morgen, aber vielleicht sah man mir mein Trinkgelage vom Vorabend trotzdem an. Ich beschloss, es zu ignorieren.

„Bist du gut nach Hause gekommen?", fragte er mit einem Grinsen, und ich erwiderte kühl: „Ja, sehr gut, vielen Dank."

„Dein Freund …", setzte er an, doch der Gerichtsdiener forderte uns auf, uns zu erheben. So blieb sein Satz unvollendet, worüber ich nicht traurig war. Irgendwie würde ich mich herausreden müssen, oder ich ließ es so stehen. Es sollte Elias ja schließlich nicht stören, wenn ich angeblich einen Freund hatte.

Die Richter traten in ihren Roben und mit ihren Perücken ein, und ich konnte das Ganze nur noch für ein Schauspiel halten. Hier warf das britische Königreich seine gesamte Macht gegen die eines einzelnen Karan, und es würde verlieren.

Wir durften uns wieder setzen, und ich sah Elias von der Seite her an. Er biss seine Zähne zusammen, sodass die Muskeln an seinem Unterkiefer hervortraten, aber es gelang mir nicht, seinem Ausdruck zu entnehmen, was ihn beschäftigte.

Die Gegenseite verlas die Anklageschrift, und ich hörte geduldig zu, wie unser Mandant des Mordes an seiner

Frau angeklagt wurde. Elias Blick war konzentriert geworden, als höre er jedes Wort zum ersten Mal, dabei musste er nach unseren Recherchen am Tag zuvor jedes Detail über den Fall wissen.

Dann wurde die Verteidigung aufgerufen, ihre Sicht der Dinge zu präsentieren. Elias stand auf, zog sein Jackett zurecht und trat vor die Richter.

„Hochwürden, sehr geehrte Damen und Herren", begrüßte er die Jury, und mein Herz schlug schneller, als ich auf seine nächsten Worte wartete.

„Ich bedanke mich herzlich bei der Anklage, die den Sachverhalt so gut zusammengefasst hat", fuhr Elias fort, die Hände hinter dem Rücken verschränkt. Seine Lockerheit machte mich wütend. Wie konnte er nur dort stehen und reden, als ging es um eine Geburtstagsfeier, wenn er gleich dafür sorgen würde, dass ein Mörder auf freien Fuß kam.

„Marc Jest ist der Schuldige in diesem Fall. Er hat seine Frau ermordet. Ich stimme also dem vorgeschlagenen Strafmaß zu."

Stille trat ein, in der sicher nicht nur ich daran zweifelte, ob Elias das eben wirklich gesagt hatte. Dann brach ein Tuscheln und Raunen aus, und Journalisten riefen etwas von den Sitzen, während sich Elias gelassen umdrehte und zur Anklagebank zurückkehrte.Die lautesten Rufe kamen vom Angeklagten selbst.„Wie können Sie …! Das ist nicht mit mir abgesprochen! Ich will einen neuen Verteidiger! Ich werde Sie finden, und dann Gnade Ihnen Gott!"

Elias schien die Rufe nicht zu bemerken, er setzte sich hin und verschränkte die Arme vor der Brust. Auf die Frage des verblüfften Richters hin, ob er seinen Worten noch etwas hinzufügen wollte, schüttelte er nur den Kopf.

Ich konnte es nicht fassen. Nach allem, was er mir gestern erzählt hatte, stellte er sich dort hin und stimmte der Anklage in allen Punkten zu?

Ohne auf den Trubel um ihn herum einzugehen, steckte er seine Unterlagen in seine Aktentasche und machte dann ein Zeichen, dass ich ihm folgen sollte.

Die schweren Türen des Verhandlungssaal schlossen sich hinter uns, und die Geräusche im Saal verstummten.

„Was ... was ist eben passiert?", fragte ich verblüfft, während ich versuchte, mit Elias Schritt zu halten.„Der Angeklagte ist schuldig. Das war offensichtlich. Ich will meine Zeit nicht mit einem solchen Fall verschwenden", sagte er knapp, ohne mich dabei anzusehen.

Ich lief schneller und stellte mich ihm in den Weg. Sein Gesicht wirkte unbeeindruckt, aber er machte auch keine Anstalten, an mir vorbeizugehen.

„Warum hast du das getan? Du weißt genau, dass du ihn ohne Schwierigkeiten frei bekommen hättest!"

Ich konnte noch immer nicht fassen, was ich gerade beobachtet hatte.

Er zuckte nur mit den Schultern. „Ich muss niemandem etwas beweisen", sagte er, und sein Ausdruck wirkte so gelangweilt, dass ich fast erwartete, ihn gähnen zu sehen.

„Aber ... Gestern hast du doch die ganze Zeit davon

geredet, ihnen eine Geschichte aufzutischen, und …"

„Ich hatte keine Lust dazu", meinte er schlicht. „Fahren wir zurück ins Büro."

Fassungslos folgte ich ihm, unsicher, ob ich nicht gerade träumte. „Keine Sorge, er wird das Urteil anfechten, und zu recht. Soll er sich einen anderen Anwalt suchen, ich habe Besseres zu tun", meinte Elias, während er sich auf den Fahrersitz setzte. Ich konnte ihn nur anstarren. Nichts von dem, was ich erwartet hatte, war eingetroffen. Seine Worte wurden wieder in mir wach: Glaub ihnen nicht alles, was sie dir erzählen. Aber trotzdem konnte ich mir nicht vorstellen, dass ein Karan die beste Gelegenheit verstreichen ließ, um ein bisschen Böses in der Welt zu lassen.

Vielleicht war aber auch genau das sein Punkt. Ich starrte aus dem Fenster und versuchte, meinen Kopf frei zu bekommen. Vielleicht hatte er genau das beweisen wollen, um mich auf seine Seite zu ziehen. Ich beschloss, dass ich ihm noch immer nicht traute.

Die Neuigkeiten hatten das Büro auf irgendeinem Wege bereits erreicht, als wir ankamen, und eine Traube von Mitarbeitern hatte sich um die gläserne Eingangstür gebildet. Ich hatte Fragen und Vorwürfe erwartet, aber stattdessen schwiegen sie nur und sahen Elias nach, wie er in sein Büro verschwand. Dann entdeckten sie mich und stürzten sich auf mich.

„Was ist passiert?" „Ist es wahr, dass er der Anklage einfach recht gegeben hat?"

Und die größte Frage von allen: „Warum?"

Ich schüttelte nur den Kopf. „Ich weiß es auch nicht", sagte ich, und mehr war nicht aus mir herauszubekommen.

Kapitel 16

Der Rest des Tages verging wie im Flug. Leute, mit denen ich nie ein Wort gewechselt hatte, kamen an meinen Platz und löcherten mich mit Fragen. Patricia hatte bereits davon gehört, als sie mich zum Training abholte, und stellte mir die gleiche Frage wie alle anderen: „Warum hat er das getan?"

„Ich glaube, er wollte mir beweisen, dass er doch nicht so böse ist, wie ich glaube", sagte ich mit einem Schulterzucken.

„Also ein weiterer Versuch, dich auf seine Seite zu ziehen", stellte Patricia fest. Sie sah mich ernst an. „Du musst dem widerstehen. Egal, was er sagt und tut, er bleibt ein Karan, geboren dazu, Schlechtes in die Welt zu bringen."

Ich nickte, wusste aber nicht, ob ich das glauben konnte. Etwas tief in mir wehrte sich gegen diese Erkenntnis, und ich fragte mich besorgt, ob ich kurz davor war, mit offenen Armen in eine Falle zu laufen.

Liam grinste mich an, als wir in der Lagerhalle ankamen. „Ich habe durch meine … Kanäle von der Verhandlung gehört. Habe natürlich nach deiner Erzählung gestern ein paar Nachforschungen angestellt. Ich kann nicht glauben, wie die Verhandlung ausgegangen ist."

Er hob die Hand, damit ich einschlagen konnte. „Aber das Wichtigste ist doch, dass da draußen ein Mörder weniger rumläuft. Was auch immer du gemacht hast, sehr gut!"

Ich klatschte seine Hand schwach ab. „Es hat nichts mit mir zu tun, zumindest nicht mit irgendetwas, das ich getan habe", meinte ich. „Ich verstehe es nicht. Ich verstehe ihn nicht."

„Das musst du auch nicht", schaltete sich Patricia ein. „Viel wichtiger ist es jetzt, Fortschritte zu machen. Hast du es geschafft, deine Gedanken abzuschirmen?"

Jassy und ich wechselten einen Blick. Dann hatte meine Freundin wirklich nichts von dem erzählt, was sie in meinem Kopf gefunden hatte.

„Ja", antwortete ich. „Und ich habe es auch gestern eingesetzt."

Patricia nickte zufrieden. „Sehr gut. Dann zum nächsten Teil: aktive Abwehrzauber."

Ich setzte mich wieder auf den Boden und lauschte ihrer Erklärung darüber, wie sich aktive Abwehrzauber von Angriffszaubern unterschieden. Der Unterschied schien nicht besonders groß zu sein, auch wenn ein aktiver Abwehrzauber niemanden, nun, angreifen konnte, der nicht selbst angegriffen hatte.

„Du hast bereits einmal einen aktiven Abwehrzauber eingesetzt, in Boston", machte mich Patricia aufmerksam. „Es sollte also eine einfache Sache für dich sein, jetzt welche zu beschwören. Im Gegensatz zu den

Zaubern, die wir zuvor geübt haben, werden aktive Abwehrzauber nicht aus der Ruhe, sondern aus dem Wunsch geboren, sich zu verteidigen. Probier es einmal aus."

Sie wandte sich an Liam. „Greif sie an."

Liam sah sie verblüfft an. „Ich? Wie? Ich kann sie nicht magisch …"

„Greif sie an, als würdest du ihr wehtun wollen, mit deinen Fäusten und dergleichen. Ich weiß, dass du das kannst."

„Ich habe eine Pistole", meinte Liam kläglich. „Aber…"

„Ich würde mir nicht wünschen, dass du unsere Prinzessin erschießt", antwortete Patricia schlicht.Die Worte hingen eine Weile im Raum, während Liam sie verarbeitete. Dann riss er die Augen auf. „Die … Prinzessin? Es gibt sie wirklich? Ich dachte immer, das wären nur Märchen." Er starrte mich an. „Und du bist … du bist die Prinzessin?"

Ich hatte mir gewünscht, dass er es in einem feierlichen Moment erfuhr, nicht in einem Nebensatz, aber ich nickte trotzdem, wenn auch etwas zögerlich. „Angeblich. Auch wenn ich bisher noch nichts von diesen wundersamen Fähigkeiten gefunden habe, die ich haben soll."

„Aber das erklärt einiges! Deswegen macht ihr das Training. Und deswegen hast du es gleich beim ersten Versuch geschafft, einen Schutzzauber über uns beide zu legen!" Er verbeugte sich tief. „Meine Prinzessin, es ist mir eine Ehre."

Ich musste lachen. „Für diese Förmlichkeit gibt es keinen Grund. Was mich betrifft, fühle ich mich immer noch wie das Mädchen vom Dorf."

Er zwinkerte mir zu, als er sich wieder aufrichtete. „Alles klar. Dann werde ich dich weiterhin Lizzy nennen."

„Zum Training zurück, bitte", unterbrach Patricia unser Geplänkel. „Aktive Abwehrzauber."

Wir gingen in Stellung, Liam die Fäuste zögerlich vor das Gesicht gehoben, ich mit ausgestreckten Armen, weil es mir passend vorkam. Erst passierte nichts, und ich spürte, wie ich nervös wurde. Was, wenn ich es nicht schaffte, mich zu verteidigen, und einen Schlag ins Gesicht kassierte? Ich hatte wirklich keine hohe Toleranz für Schmerz.

Liam schlug zögerlich in meine Richtung, aber so langsam, dass ich einfach auswich.

„Benutz Magie", sagte Patricia, und ich glaubte, einen entnervten Unterton in ihrer Stimme zu hören.

„Genau, zeig mir, was die Prinzessin draufhat!", forderte Liam mich heraus.

Gut. In meinem Kopf formte sich das Bild eine Stoßwelle, und ich spürte, wie Energie in mir aufstieg. Wieder holte Liam aus, doch dieses Mal zielte er direkt auf meinem Kopf. Ich streckte meine Arme durch, und die Stoßwelle flog auf Liam zu. Instinktiv hob er die Arme und erzeugte ebenfalls eine Welle, die sich mit meiner traf. Ein Windstoß fuhr mir durch das Gesicht.

Ich kniff die Augen zu.

„Ah, das hätte ich erwähnen sollen. Abwehrzauber oder Angriffs- und Abwehrzauber neutralisieren sich gegenseitig. Sie bleiben also nicht bestehen", meinte Patricia, als kommentierte sie einen Boxkampf.

Ich blieb ganz auf Liam konzentriert. Außer der Schockwelle fiel mir nichts ein, also versuchte ich es noch einmal. Liam antwortete mit weißen Blitzen, ähnlich denen, die ich bei Elias' Bruder schon einmal gesehen hatte. Sie vermischten sich zu einem Gewitter.

Ich holte aus, das Bild der Blitze noch vor Augen, und schleuderte sie Liam entgegen. Überrascht machte er einen Schritt zurück, doch zu spät. Eine Welle von Energie traf ihn, und die Blitze zuckten um ihn herum, bevor sie in einem Glühen verloschen.

Entsetzt starrte mich Liam an. „Du bist wirklich die Prinzessin. Wenn ich nicht meinen Schutzzauber um mich herum gehabt hätte, hättest du mich erledigt.",,Es tut mir leid", entschuldigte ich mich.

„Kampfzauber scheinen dir wesentlich mehr zu liegen als passive Abwehrzauber", sagte Patricia mit einem Stirnrunzeln. „Aber das ist gut. Schließlich wird es früher oder später nützlich sein. Aber bitte bring Liam nicht um."

„Ich gebe mein Bestes", sagte ich durch zusammengebissene Zähne hindurch. Etwas war in mir geweckt worden – der Wunsch, weiterzukämpfen.

Ich machte eine großspurige Geste in Richtung Liam. „Greif mich an", forderte ich ihn heraus.

„Oho", sagte er und hob die Augenbrauen. Dann griff er an. Es ging so schnell, dass ich ihn kaum kommen sah, aber meine Instinkte reagierten trotzdem. Ein Sturm aus Blitzen und Wind ging auf ihn nieder, und er wehrte ihn mit einer Stoßwelle ab. Ich spürte, wie ich von der Explosion unserer Kräfte nach hinten geworfen wurde, aber landete auf den Füßen, bereit zum nächsten Angriff.

„Stopp!", brüllte Patricia, und Liam und ich hielten inne. Ich merkte, dass ich außer Atem war, mein Körper schmerzte, aber es fühlte sich gut an.

„Das reicht für heute", meinte Patricia. „Bevor ihr hier noch die ganze Halle zerlegt."

Sie sah mich mit einem Stirnrunzeln an. „Du hast wirklich ein Talent für den Kampf. Aber du musst lernen, deine Kräfte zu zügeln, sonst richtest du Schaden an und bis erschöpft, bevor der Kampf vorbei ist."

Ich nickte, die Hände noch immer zu Fäusten geballt. Jassys Blick ging zu ihnen und sie sah mich fragend an, also entspannte ich meine Finger wieder, auch wenn ich gern noch weiter gekämpft hätte.

„Wenn es das für heute war", schaltete sich Liam ein, „wollen wir dann heute Abend ausgehen? Ich kenne einen guten Club, und ich hätte Lust, zu tanzen."

Er schien auf dem Höhepunkt seiner Energie angekommen zu sein, was man von mir nicht behaupten konnte.

„Ja, ich hätte auch Lust!", rief Jassy dazwischen, doch Patricia schüttelte den Kopf. „Geht von mir aus, aber ich werde nicht mitkommen. Ich bin zu alt für so etwas."

Liam war mit seinem eigenen Auto gekommen, und Jassy und ich quetschten uns auf den Rücksitz zwischen leeren Wasserflaschen, einer Decke und einem Rucksack, den ich auf den Mittelsitz warf. „Tut mir leid, dass es so chaotisch ist", entschuldigte sich Liam. „Normalerweise habe ich nicht zwei attraktive Frauen auf dem Rücksitz."

Jassy kicherte, und ich musste lächeln.

Wir verließen das Industriegebiet, und schon im Auto spielte Liam laute Musik. Jassy fing an, in ihrem Sitz zu tanzen, und ich ließ mich davon anstecken. In guter Laune kamen wir vor einem Club an, vor dem sich bereits eine Schlange gebildet hatte.„Keine Sorge, es ist leicht, in einen Club zu kommen, wenn man ein Aydin ist", sagte Liam, als er die Schlange bemerkte. „Vor allem, wenn man so gut aussieht wie wir drei."Ich schaute an mir herunter. Natürlich trug ich immer noch meine Kleidung aus dem Büro und wäre gern in etwas geschlüpft, das kürzer und sexier war, aber so musste ich eben mit dem auskommen, was ich dabeihatte. Schade, dass ich nicht einfach Magie wirken konnte.

Jassy, die ein Top mit Mantel und enge Jeans trug, bemerkte meinen Blick.

„Wir könnten einen Schutzzauber auf das Auto wirken", flüsterte sie mir zu. „Dann kannst du dich, ähm, umziehen."„Geht das?", fragte ich erfreut. Sie nickte, und Liam stimmte ihr zu. „Ich sehe auch nicht hin", sagte er mit einem breiten Grinsen und blickte mich dabei direkt an.

„Sehr gut."

Die beiden schlossen die Augen und konzentrierten sich, doch es dauerte nur zwei Sekunden, dann öffneten sie sie wieder. „Jetzt du", wies mich Jassy an. „Stell dir einfach vor, was du tragen willst."

Das war schwierig – ich hatte ja schon Probleme, mich in meinem echten Kleiderschrank für etwas zu entscheiden, aber in einem imaginären ...

Schließlich erschuf ich ein mentales Bild von einem silbernen, kurzen und enganliegenden Kleid mit Wasserfallausschnitt. Es war leichter als gedacht, die Vorstellung in mir wachzurufen, dass ich auf dem Rücksitz in eben diesem Kleid saß, und als ich die Augen wieder öffnete und an mir heruntersah, musste ich staunen.

„Wahnsinn!", sagte ich, und Jassy zwinkerte mir zu. „Du siehst heiß aus."

„Stimmt", nickte Liam.

Sogar eine Handtasche, in der sich mein Handy und meine Schlüssel befanden, lag neben mir auf dem Sitz.

„Sehr gut, dann mal los!", sagte Liam, und wir schlenderten zum Beginn der Schlange, wo uns ein Türsteher in Sicherheitsmontur den Weg versperrte.

„Ich bin mit den beiden hier, ich glaube, Sie möchten uns reinlassen", sagte Liam in jener Stimme, die es normalen Menschen unmöglich machte zu widersprechen.

Der Türsteher wich ohne ein Wort zur Seite, und hinter uns wurde Protest laut, der allerdings in der wummernden Musik des Clubs unterging.

„Ich dachte, Aydin könnten ihre Fähigkeiten nicht zum eigenen Nutzen einsetzen", schrie ich Jassy über den Lärm hinweg zu.

Sie zuckte mit den Schultern. „Ich glaube, kleine Ausnahmen sind erlaubt. Wir haben ja keine Bank überfallen oder so."

Ich sah mich im Club um. Es war dunkel, aber bunte Lichter erhellten die Tanzfläche, auf der sich bereits einige Menschen tummelten. Begrenzt wurde sie von einer Bar, wo sich eine Menge aufstaute, bemüht, ihre Bestellungen über die Musik zu Gehör zu bringen. Auf der anderen Seite befand sich ein Podest, auf dem ein DJ zum Beat nickte. Daneben stand eine Stange, um die sich eine leicht bekleidete Frau wickelte.

Der Boden bebte von den Beats, und ich fühlte, wie mich die Musik wegtrug. Liam lief vor mir, aber verfiel in einen wiegenden Gang zum Rhythmus, bevor er sich zu mir umdrehte, meine Hände ergriff und mich auf die Tanzfläche zog. Ich ließ mich gern ziehen. Er wirbelte mich um meine eigene Achse und ich hielt mich lachend an ihm fest, einfach froh, etwas so Normales zu machen wie tanzen zu gehen.

Jassy folgte uns etwas verhaltener, aber auch sie wurde vom Beat angesteckt. Wir wiegten uns im Takt, warfen die Köpfe herum und streckten die Arme in die Luft. Ein Lied begann, das ich kannte, und ich begann, laut mitzusingen.

Immer wieder warf ich verstohlene Blicke zu Liam. Er

bewegte sich im Takt mit einer Mischung aus Kraft und Eleganz, als wäre er dafür geboren. Ich ließ meine Hüften von Seite zu Seite schwingen, und er legte eine Hand an meine Taille, ohne, dass es aufdringlich oder unangenehm wurde.

Ich spürte die Blicke der Männer im Club auf mir und warf ihnen ein kleines Lächeln zu, wann immer ich sie erwischte. Doch Liams Anwesenheit schien zu verhindern, dass sie sich mir näherten, und es war mir ganz recht.

Wir bildeten einen Kreis, nur wir drei in einem Meer aus Körpern, und tanzten zu der Musik. Schon lange hatte ich mich nicht mehr so gut und frei gefühlt. Die Lichter flackerten über mein silbernes Kleid und wurden vom Stoff zurückgeworfen. Ich drehte mich zu Jassy um, die die Hände ausstreckte, und wir versuchten, uns mit unseren Bewegungen zu übertreffen, tiefer, sexier, und es war wie früher, als wir ins Exeter in heruntergekommenen Studentenkneipen als einzige getanzt hatten.

Natürlich zog auch Jassy alle Blicke auf sich, und ein Mann kam zögerlich zu uns herüber. Er versuchte, Jassys Aufmerksamkeit auf sich zu lenken, doch sie ignorierte ihn und warf mir ein verschmitztes Lächeln zu. Enttäuscht zog der Typ wieder ab.

„Ich hole uns etwas zu trinken", rief ich Jassy und Liam über die Musik hinweg zu, und die beiden nickten und wandten sich dann einander zu. Ich sah das Lächeln, das Jassy Liam zuwarf, und wie er es erwiderte, und entschied, dass ich die beiden sehr gut für eine Weile allein lassen konnte.

Ich tanzte mich durch die Menge zur Bar, noch immer laut singend, und bestellte drei Bier. Während ich auf meine Bestellung wartete, ließ ich meinen Blick durch die Menge schweifen. Aus den Augenwinkeln sah ich jemanden an der Bar lehnen, ein Getränk vor sich, und wurde mir bewusst, dass er mich ansah.

Ich erstarrte. Die dunklen Haare. Die Lederjacke. Das kantige, attraktive Gesicht, das Elias' ähnelte. Unsere Blicke trafen sich, und er wirkte ebenso erstaunt wie ich.

Dann stoppte die Musik. Die Menge hielt mitten in der Bewegung inne wie eingefroren. Ich sah Jassy, die sich im Kreis drehte, ihre Haare wie ein Fächer in der Luft ausgebreitet. Liam hatte den Arm über den Kopf erhoben, erstarrt in der Bewegung.

Elias' Bruder – Liyan, erinnerte ich mich vage – starrte mich noch immer an, aber langsam zogen sich seine Mundwinkel zu einem Grinsen nach oben.

„Prinzessin", sagte er leise, eine Hand noch immer an seinem Cocktail. „Ich hoffe, du hast nichts dagegen, dass ich uns etwas … Privatsphäre verschafft habe."„Was hast du getan?", rief ich, die Hände erhoben, bereit, mich zu verteidigen.Er nahm einen tiefen Schluck aus seinem Glas. „Du weißt wirklich gar nichts", murmelte er in seinen Drink. „Ich habe die Zeit angehalten, Dummerchen. Weißt du etwa nicht, wie das geht?"

Ich erwiderte nichts und unterdrückte den Wunsch, ihm entgegenzubrüllen, dass er sofort damit aufhören

237

sollte.

„Muss ein Karanzauber sein", murmelte er, und es schien, als würde er das Interesse an mir verlieren. „Ist es nicht schön? All diese erstarrten Körper, und ich könnte mit ihnen tun, was ich will.".,Wag es nicht", drohte ich ihm, aber er musste so gut wie ich wissen, dass hinter meiner Drohung wenig steckte.

„Das ist etwas, was du über die Karan wissen solltest", sagte er gelangweilt und drehte sich so auf seinem Stuhl, dass er die Menge betrachten konnte. „Wir … schätzen Macht."

„So weit war ich auch schon", gab ich zurück und versuchte, die aufsteigende Panik in mir zu unterdrücken.

Liyan nahm sein Glas und drehte es in der Hand. „Was soll ich jetzt mit dir anstellen, Prinzesschen?", fragte er langsam. „Mein Bruder hat mir gesagt, dass ich dir keinen Schaden zufügen soll, aber ich bin da anderer Meinung."

Ich sah mich um, das Herz in der Kehle. Von Liam und Jassy konnte ich keine Hilfe erwarten, und dass Patricia mich fand, war ebenfalls unwahrscheinlich. Es gab nur eine Möglichkeit.,Wir werden nicht hier kämpfen, nicht zwischen all diesen Leuten", sagte ich bestimmt. „Lass uns nach draußen gehen. Irgendwohin, wo niemand ist."

Liyan zog eine Augenbraue hoch. „Das ist sehr edel von dir. Nun gut." Er stellte seinen Cocktail ab und rutschte von seinem Barhocker. „Komm mit", wies er mich an, und selbst, wenn ich gewollt hätte, hätte ich mich nicht gegen seine Stimme wehren können.

Ich folgte ihm und war davon überrascht, wie sehr er seinem Bruder von hinten ähnelte. Was würde Elias wohl tun, wenn sein eigener Bruder mich ermordete? Wäre er traurig? Oder würde es ihn nicht interessieren?

Kalte Nachtluft schlug mir entgegen, als ich Liyan nach draußen folgte. Ich fragte mich, ob es wohl sein richtiger Name war, aber selbst wenn, wusste ich daraus keinen Vorteil zu ziehen.

Liyan führte mich in eine Seitengasse, in der große Mülltonnen standen. Gelbliches Licht schien von Straßenlaternen herunter auf das Kopfsteinpflaster, doch es wärmte nicht. Mit einem Mal fröstelte ich in meinem Kleid, und ich stellte fest, dass ich für einen Kampf falsch angezogen war.

„Was jetzt?", fragte Liyan und grinste mich charmant an. „Wirst du dich einfach so von mir vernichten lassen? Oder möchtest du vorher noch zeigen, was du inzwischen kannst?"

Ohne eine Antwort zu geben, hob ich die Arme. Ich wusste, er musste mich zuerst angreifen, damit ich mich verteidigen konnte, doch ich spürte die Energie bereits jetzt in mir aufsteigen.

„Also ein Kampf", stellte Liyan fest und streckte ebenfalls die Hände aus. Blaue Blitze zuckten um seine Finger, und ich bereitete mich darauf vor, sie abzuwehren.

Liyan täuschte einen Angriff vor, dann zog er sich mit einem Grinsen zurück. „So einfach werde ich es dir nicht machen, Prinzesschen", sagte er.

Dann verschwand er vor meinen Augen.

Ich spürte einen Luftzug hinter mir und drehte mich gerade noch um, um von einer Welle aus blauen Blitzen getroffen zu werden. Ich ächzte auf, als die Luft aus meinen Lungen gedrückt wurde und sich mein Brustkorb zuschnürte.

„Oh, kein Schutzzauber? Du weißt wirklich weniger, als ich dachte", stellte Liyan fest. „Schade. Sonst würde unser kleines Spiel mehr Spaß machen."

Ein Spiel. Mich umzubringen war nur ein Spiel für ihn.

Ich spürte, wie Wut in mir aufstieg, und ich schleuderte ihm gleißende Blitze entgegen. Sie verpufften ins Leere, und wieder spürte ich seine Anwesenheit deutlich hinter mir.

„Wie machst du das?", fragte ich entsetzt, und er zuckte nur mit den Schultern. „Ich bin eher überrascht, dass du es nicht kannst. Teleportation ist sehr nützlich."

Dann erschien das schwarze Schwert in seiner Hand. Ich starrte auf die Obsidianklinge, unfähig, mich zu bewegen. Langsam kam er näher. „Das war's dann wohl schon", meinte er leise, während sein Blick an meinem Körper entlang glitt. „Schade. Ich hatte mir mehr erhofft."

Mühsam brach ich durch die Starre, die über mich gekommen war, und er hob eine Augenbraue. Mit der Hand machte ich eine schneidende Bewegung durch die Luft. Liyan starrte mich überrascht an. Ein Schnitt erschien auf seiner Brust, und rotes Blut tropfte auf den

Boden. Liyan legte die Hand auf die Verletzung, und sofort schloss sich die Wunde wieder.

Ich spürte, wie Verzweiflung die Wut in mir unterwarf. Wie sollte ich mich gegen jemanden wehren, der jede Verletzung sofort heilen konnte?

Wieder schlug ich in die Luft, und dieses Mal wehrte Liyan meine Magie mit einer lässigen Handbewegung ab. Die Luftklinge krachte gegen eine Hauswand, und roter Putz bröckelte auf den Boden.

Dann war er vor mir, die Klinge zum Angriff erhoben – und erstarrte. Ich kniff die Augen zusammen, doch öffnete sie dann wieder, die Hände abwehrend erhoben. Er starrte über meine Schulter auf einen Punkt in der Ferne, und ich glaubte, für einen Moment einen Duft aus Holz und Meer wahrzunehmen.

„Liyan", ertönte eine laute Stimme, von der die Hauswände zu beben schienen. „Wie kannst du es wagen, dich meinen Anweisungen zu widersetzen?"

Wie ein geprügelter Hund zog sich Liyan zurück.

Ich drehte mich um und sah Elias in der Gasse stehen, die Hände locker in den Manteltaschen, das Gesicht grimmig im Schein der Straßenlaternen.

„Ich scheiß auf deine Anweisungen", knurrte Liam und spuckte aus. „Ich weiß nicht, was in deinem Kopf vorgeht, aber ich bin mir sicher, dass sie die Prinzessin ist und beseitigt werden muss. Und selbst wenn sie nicht die Prinzessin ist: eine Aydin weniger ist besser als eine mehr!"

Elias antwortete nicht. Stattdessen kam ein Wind auf,

der durch die Häuserschlucht fegte und Liyan von den Beinen riss, während ich nur einen Lufthauch spürte. Langsam kam Elias näher, und mehr denn je erinnerte er mich an ein Raubtier vor dem Sprung.

„Du befolgst meine Anweisungen und hältst dich von ihr fern, verstanden?" Noch immer klang seine Stimme, als wäre sie von einem Echo gefolgt, und die Haare auf meinen Armen stellten sich auf.

„Du hast mir keine Anweisungen zu geben, mein Bruder", knurrte Liyan, das Schwert noch immer fest in der Hand. Aber er schien zu zögern, einen Kampf zu beginnen.

„Ich gebe dir diese Befehle nicht als dein Bruder", sagte Elias etwas leiser, aber immer noch mit einem drohenden Unterton. Er warf mir einen Seitenblick zu und reckte dann den Kopf in die Luft. „Ich gebe sie dir als dein König."Entsetzt starrte ich Elias an. Hatte ich das gerade richtig gehört? Elias war der König der Karan?

Die Worte verfehlten ihre Wirkung auf Liyan nicht. Er wirkte noch immer grimmig, aber senkte dann den Kopf und deutete eine Verbeugung an. „Sehr wohl, mein König."

„Sehr gut. Und jetzt verschwinde", wies Elias ihn an, und keine Sekunde später standen wir allein in der Gasse.

Ich schnappte nach Luft. „Du bist der König der Karan?", entfuhr es mir.

Er zuckte mit den Schultern. „Bist du unverletzt?" Für

242

eine Sekunde flackerte ein besorgter Blick in seinen Augen auf, doch dann verschwand er wieder, und er sah mich nachdenklich an. „Es tut mir leid, dass du es so erfahren musstest. Ich glaube, wir müssen reden." Er sah sich um. „Aber nicht hier. Komm mit."

Zögerlich machte ich einen Schritt auf ihn zu, doch stoppte dann.

„Beeil dich", sagte er. „Euer kleiner Kampf wird nicht unbemerkt geblieben sein, und bald wird es hier von Karan und Aydin nur so wimmeln. Und ich habe keine Lust, sie ebenfalls dazu zwingen zu müssen, von hier zu verschwinden."

„Sind alle Karan so mächtig wie dein Bruder?", fragte ich, während ich ihm folgte. Ich hatte keine andere Wahl, redete ich mir ein, meine Magie war nicht einmal einem normalen Karan gewachsen, geschweige denn dem König der dunklen Magier.

Elias lachte auf, aber es klang nicht fröhlich. „Nein, natürlich nicht. Er ist Teil der Familie, daher kann er einiges mehr als die anderen. Aber immer noch weniger als ich."

Am Ende der Gasse blickte er sich um. Das Leben war in den Club zurückgekehrt, und die Menschen draußen in der Schlange unterhielten sich, als wäre nichts passiert.

„Komm", wies mich Elias an, und ich konnte nicht anders als ihm zu folgen, wohl wissend, dass ich gerade vielleicht in mein Verderben lief.

Wir waren bei seinem Auto angekommen, als ich einen

Ruf hinter mir hörte. „Lizzy!"

Als ich mich umdrehte, sah ich Liams Lockenkopf und direkt daneben Jassy, die aus dem Club gestürmt kamen. Hilflos winkte ich ihnen zu, aber sie schienen mich nicht zu sehen, obwohl sie in meine Richtung blickten.

„Ich dachte mir, es wäre vielleicht besser, wenn wir unser Gespräch ohne deine beiden Freunde haben", meinte Elias. „Aber die Magie hat sie ohne Zweifel angezogen. Wir beeilen uns besser."Gehorsam stieg ich in seinen Wagen und versuchte noch einmal, den beiden zuzuwinken, doch ein strenger Blick von Elias unterband auch das. Er startete den Motor und fuhr los, und ich wurde das Gefühl nicht los, entführt zu werden. Mein Herz schlug heftig. Immerhin schaffte ich es, den Schutzzauber in mir wachzurufen, den ich an diesem Morgen so sträflich vernachlässigt hatte.

Wir fuhren schweigend, und ich sah Elias immer wieder von der Seite an, um herauszufinden, was er mit mir vorhatte. Sein Ausdruck wirkte angespannt, aber nicht grausam, was mir die Hoffnung gab, dass er mich nicht umbringen würde. Hätte ich mich wehren sollen? Hätte ich darauf bestehen sollen, dass Liam und Jassy mitkamen? Aber da hatte eine Ernsthaftigkeit in seinen Worten gelegen. Wir müssen reden. Und genau das wollte ich. Ich wollte endlich eine Erklärung für sein merkwürdiges Verhalten, eine Erklärung für alles.

Er hielt vor einem Apartmentkomplex in einer der schöneren Gegenden Londons. Ein feiner Nieselregen hatte eingesetzt, und die Tropfen kamen auf mich zu, als ich nach oben blickte. Von der Fassade her wirkte das Gebäude wie vom Anfang des neunzehnten Jahrhunderts, weißer Stuck zog sich um die großen Fenster, aber es schien komplett saniert.

Durch eine große, doppelflügelige Glastür führte mich Elias ins Innere. Mein Eindruck verstärkte sich. Der Boden bestand aus hellem Gestein und hatte nichts mit dem verdreckten Hausflur gemein, in den ich trat, wenn ich nach Hause wollte. Silberne Briefkästen reihten sich aneinander, doch statt Namen trugen sie nur Nummern. Hinter einem Tresen aus Marmor saß ein Wachmann. Elias nickte ihm zu und führte mich zu den Aufzügen.

„Wohnst du hier?", fragte ich mit belegter Stimme, nur, um das Schweigen zu durchbrechen. Er nickte und drückte den Knopf für das sechste und oberste Stockwerk.

Aus dem Aufzug traten wir in einen hell erleuchteten Flur, der nur zu zwei Wohnungen führte. Elias steuerte eine der beiden Türen an, auf der in einfachen Lettern „6B" stand.

Mein Herz schlug schneller, als er die Tür aufsperrte und ich hinter ihm in die Wohnung trat. Er machte eine Handbewegung. In allen Räumen ging das Licht an. Ich konnte nicht anders, als zu staunen. Direkt vom Flur führte eine Schiebetür in ein großes, offenes Wohnzimmer, in dem die Fenster bis auf den Boden reichten. Auch wenn es nicht besonders hoch lag, hatte man doch einen guten Ausblick über das nächtliche London.

Cremefarbene Ledersofas standen in einer Sitzecke zusammen, und ein weißer, weicher Teppich war unter dem Esstisch und den Stühlen ausgebreitet. Schlichte Lampen hingen von der Decke und leuchteten jeden Winkel aus. Über eine Wand zogen sich schwere Regale aus lackiertem Holz, die mit Büchern mit alten Ledereinbänden gefüllt waren, und ich hatte keine Zweifel daran, dass Elias sie alle gelesen hatte.

Trotz allem wirkte der Raum nüchtern. Nichts gab Hinweise auf die Persönlichkeit des Bewohners, keine Bilder an den Wänden, keine Fotos, und der einzige Gegenstand, der jemandem zu gehören schien, war ein Tablet, das auf dem schwarzen Couchtisch lag.

„Möchtest du etwas trinken?", fragte Elias hinter mir, und ich zuckte zusammen.

Ich drehte mich zu ihm um. Er sah mich ruhig an, und sein ausdrucksloses Gesicht machte es schwierig zu erahnen, was in ihm vorging.

„Nein", sagte ich heiser. „Ich möchte Erklärungen."

Mit einer fließenden Bewegung legte er seinen Mantel und sein Jackett ab und legte sie über eine Stuhllehne. Sein dunkles Hemd spannte sich, als er die Arme vor der Brust verschränkte.

„Und was erhoffst du dir davon?", wollte er wissen. Es klang nach einer aufrichtigen Frage, und ich rang um eine Antwort.

„Ich hoffe ... dass dann alles ein wenig klarer ist. Ich habe so viele Fragen."

„Und Patricia hat sie dir nicht längst alle beantwortet?"

„Sie hat Vermutungen geäußert", antwortete ich. „Aber nur du kannst mir verraten, warum du mich vor deinem Bruder beschützt, wenn ich doch deine größte Feindin sein sollte. Warum ... du mich in der Nacht in Boston mit in deine Suite genommen hast. Warum du danach so abweisend zu mir warst. Warum du verhindert hast, dass ein Mörder frei herumläuft, nachdem du am Tag vorher noch darüber geredet hast, was du den Richtern und der Jury für Märchen erzählen willst." Ich ließ die Schultern hängen. „Ich verstehe einfach nicht, was du von mir willst", sagte ich.

Er gab ein humorloses Lachen von sich. „Es wird dich vielleicht überraschen, aber ganz sicher bin ich mir da selbst nicht", sagte er.

Dann wies er auf die Couch. „Setz dich. Ich befürchte, das kann länger dauern."

Ich ließ mich auf dem Leder nieder, und er setzte sich so nahe zu mir, dass ich seinen Duft riechen konnte. Wieder breitete sich ein Gefühl von Geborgenheit und Wärme in mir aus, aber ich kämpfte es nieder. Das war bestimmt nur sein Zauber, der auf mich wirkte.

Er stützte seine Unterarme auf die Knie und sah mich direkt an. „Erzähl mir, was Patricia vermutet. Das wird es einfacher machen, einiges zu erklären."

Widerwillig fasste ich Patricias Theorien zusammen. „Sie glaubt, dass du mich auf deine Seite ziehen willst und deswegen den Gentleman spielst." „Weiß sie von ...?" Er zog eine Augenbraue hoch und ließ den Schluss offen, aber ich wusste auch so, worauf er anspielte. Ich schüttelte den Kopf, dann gab ich zu: „Ich bin mir nicht ganz sicher. Jassy weiß davon, und eigentlich erzählt sie Patricia alles. Aber ich glaube, bisher hat sie es für sich behalten."

Elias nickte langsam. „Das ist gut. Ich will nicht, dass du in Schwierigkeiten gerätst." Und dann, fast in einem Nachsatz, wie um sein Image zu bewahren: „Und ich natürlich auch nicht."

Ich lachte. „Ich kann mir nicht vorstellen, dass es für dich, den König der Karan, negative Konsequenzen hätte."Er verzog den Mund. „Es würde mein Leben unangenehmer machen. Und ich bin ein großer Freund davon, mein Leben so angenehm wie möglich zu machen."

Er lehnte sich zurück und streckte den Arm auf der Lehne aus, sodass sich unsere Fingerspitzen fast berührten. Ich spürte ein leichtes Kribbeln in meiner Hand, und gern hätte ich mich vorgelehnt, um seine Hand in meine zu nehmen.

Eine andere Sache kam mir in den Kopf und verdunkelte meine Gedanken. „Du hast einen Liebeszauber auf mich gelegt", sagte ich und beobachtete jede Regung in seinem Gesicht.

Er sah mich erstaunt an, dann schüttelte er lachend den Kopf. „Nein, das habe ich nicht." Er zeigte mit dem Daumen auf sich. „Glaubst du wirklich, dass jemand wie ich einen Liebeszauber nötig hat?"

„Aber du versuchst die ganze Zeit, mich davon zu überzeugen, dass die Karan nicht so böse sind, wie mir

Patricia und Jassy erzählen", beharrte ich. „Und dein Bruder hat gerade versucht, mich umzubringen."„Und wenn du jemand anderes wärst als die, die du bist, dann hätte ich es zugelassen."

Ich konnte in seiner Miene lesen, dass er keine Scherze machte. Die Kühle in seinen Worten traf mich härter als gedacht, und ich zog meine Hand zurück. „Du hast also kein Problem damit, dass dein Bruder umherläuft und Aydin tötet?"

Er zuckte mit den Schultern. „Selbst wenn ich ein Problem damit hätte, könnte ich es nicht verhindern", sagte er langsam und schien an etwas anderes zu denken. „Aber du bist keine Aydin. Vielleicht. Ich weiß es nicht."

Ich hielt die Luft an. „Was meinst du damit?", flüsterte ich. „Ich habe alle Aydin-Zauber gelernt, die mir Patricia beigebracht hat. Wie kann ich eine Karan sein, wenn ich Aydin-Zauber beherrsche?"

„Du bist auch keine Karan, das sicher nicht", sagte er und strich sich über das Kinn. „Ich wollte es dir nicht sagen, bevor ich mir nicht ganz sicher bin, aber … ich vermute, dass du beides bist. Halb Aydin. Und halb Karan."

Mir wurde schwindelig. Alles, was ich in den letzten Wochen gelernt hatte, stand mit einem Mal in Frage.

„Also willst du, dass ich mich deiner Seite anschließe?", fragte ich tonlos. „Wenn es denn stimmt. Wenn ich wirklich halb Aydin, halb Karan bin."

Er schüttelte den Kopf. „Ich will nicht, dass du dich

irgendeiner Seite anschließt. Ich will, dass du siehst, wie sinnlos es ist, dass wir gegeneinander kämpfen." Er hob die Hände und stellte damit eine Waage dar. „Wir sind Spiegelbilder zweier Seiten. Wenn wir es nur richtig machen, können wir koexistieren. Wir müssen uns nicht bekriegen."

„Du willst also, dass ich nicht kämpfe", stellte ich fest. Wieder kamen mir Patricias Worte in den Kopf. Aber ich wusste nicht länger, wem ich glauben sollte.

„Das überlasse ich dir. Ich will dir nur die Möglichkeit geben, eine Entscheidung zu treffen. Außerdem ..." Er zögerte, dann strich er sich nervös durchs Haar. „Ich will einfach nicht, dass dir etwas zustößt", sagte er so leise, dass ich es kaum verstand.

Ich konnte nicht anders, ich streckte meine Hand aus und nahm seine. Er zog sie nicht zurück, sondern spielte mit meinen Fingern.

„Euer kleiner Kampf vorhin hat die Aufmerksamkeit einiger Magier auf sich gezogen", sagte er. Sein warmer Blick brachte mich dazu, mich vorzubeugen, bis ich seinen Duft einatmete.

„Ich mag der König der Karan sein, aber ich befehle ihnen nicht. Die Welt ist wesentlich komplizierter und gefährlicher für dich geworden, als sie es vor einer halben Stunde noch war", sagte er, seine Lippen schon fast auf meinen.

Ich ließ ihn mit einem Kuss verstummen. Mein Herz klopfte, als er die Hand ausstreckte und an meine Wange legte. Die Berührung war so zart, dass ich erschauderte.

„Patricia darf niemals herausfinden, was passiert ist", murmelte er. „Sonst wird sie alles daransetzen, uns voneinander fernzuhalten."

„Willst du das nicht?", sagte ich ebenso leise, meine Lippe noch immer an seiner. Er antwortete nicht, sondern zog mich näher. „Warum warst du so kalt zu mir?", fragte ich, aber ließ mich bereitwillig an ihn ziehen. Meine Hand ruhte auf seiner Brust, und ich spürte sein Herz darunter pulsieren. Und Magie. Starke, dunkle Magie, die wie ein Feuer in ihm tobte.

„Ich wollte nicht, dass Patricia etwas merkt", sagte er langsam. „Und ich wusste nicht, wie ich mich verhalten sollte. Ich wollte erst einmal herausfinden, ob es stimmt, was ich über dich vermute, bevor ich ..." Er sprach den Satz nicht zu Ende. Seine Hand fuhr durch mein Haar zu meinem Kinn und hob es an, und wieder küssten wir uns.

„Wieso vermutest du das überhaupt? Ich habe bisher noch nichts an mir gespürt, das mir nahelegen würde, dass ich eine Karan bin."

„Ich habe meine Informationsquellen", antwortete er, aber er schien nicht bereit dazu, sie mit mir zu teilen.

Es fühlte sich unendlich gut an, ihm so nahe zu sein. Ich hob den Kopf und sah ihm in die Augen, die mich warm und liebevoll ansahen wie in meinem Traum.

„Und die Träume?", fragte ich, aber küsste ihn schon wieder.

„Am Anfang eine Spielerei", gab er zwischen zwei Küssen zu. „Nachdem ich herausgefunden hatte, dass

Patricia eine Aydin zu einem Praktikum nach London geholt hat, musste ich sie mir anschauen. Aus persönlichem Interesse."

Wieder verloren wir uns in Küssen, und seine warmen Hände streichelten über meinen Rücken. Der Stoff zwischen uns störte mich, und ich begann, sein Hemd aufzuknöpfen, als er sich plötzlich aufsetzte. „Was ist los?", fragte ich verwirrt.

„Jemand kommt", flüsterte er, aber ich konnte niemanden hören. „Karan. Sie sind hinter dir her." Er sah mich ernst an. „Ich kann dich nicht gegen sie alle beschützen, und sie kennen mich nicht. Sie hören nicht auf mich."

Die Sorge in seinem Blick ließ mich auffahren. Panisch setzte sich mich auf.

„Was …", setzte ich an, als ein Krachen ertönte. Splitternd zerbarsten die Fenster, und Glasstücke bohrten sich in die Lehne des Sofas.

„Lauf!", brüllte Elias mir zu.

Und ich lief.

Nachwort

Vielen Dank, dass ihr Lizzy und Elias bis hierhin begleitet habt! Diese Geschichte bedeutet mir viel, nicht nur, weil es mein erster Roman ist. Sondern weil mich die Idee von zwei verfeindeten Magiern, die sich ineinander verlieben, schon seit Jahren verfolgt. Nun bin ich endlich dazu gekommen, sie aufzuschreiben. Es freut mich sehr, sie mit euch teilen zu können.

Gern könnt ihr mir eure Gedanken und Eindrücke schreiben an AnnaHeartAutorin@gmail.com

Wenn ihr euch nun fragt, wie es mit Lizzy und Elias weitergeht, dann schaut euch doch Band 2 an, *Mein verführerischer Feind*.

Auf bald in London,
eure Anna Heart